먼지 낀 세월 사이로 별이 뜨고

먼지 낀 세월 사이로 별이 뜨고

엄환섭 제6 시집

문지사

알밤 한 가마니를 머리에 이고
가쁜 숨을 몰아쉬면서 험한 산길을 내려오시던 어머니,
단 한 벌 뿐인 외출복에 낡은 구두를 신고
나들이 하시던 아버지.
평생 비행기 한 번 못 타보고 돌아가신 두 분에게
30년이 지난 오늘, 숨 한 번 고르고
이 시집을 바칩니다.

2020년 늦은 봄날에
엄 환 섭

차례

2 낙엽 따라 간 사람

3 김만덕 할머니의 우체통

4 배롱나무 밑에서

1

하늘을 보고 있으면

나무 걸상

집이 띄엄띄엄 모여 있는 조그만 산골 마을 한편에 조용한 빈 공간이 나타난다
먼지가 수북이 쌓여 있는 학교, 불이 들어오지 않는 침침한 복도, 어떤 말이든 긴 고요에 묻혀 버리는
저 창문틀이 다 닳도록 열고 닫았던 적이 있었다

찍찍 쥐 울음소리 나는 나무걸상에 앉아서
누군가와 대화를 나누던 시절

옷 속으로 바람이 들어왔고
몇 년 입은 고무줄 삭은 품 헐렁한 바지
속옷 없이 달랑 겉옷만 입던 그 시절

걸상에 앉아
고무줄이 천천히 내려앉는다
의자 위에 내려놓은 바람 다 빠진
흐느적거리고 있는 바지와 함께
얼마나 보잘 것 없는 내 세계들이 뭉그러졌는지
눈을 찌푸릴수록 더 선명해지는 어린 세계들

늘 잃고 모두 와르르 내려앉는다
나는 계속 조용히 앉아 있었다

나는 내 옷을 알고
옷은 나를 알고
온몸이 꽁꽁 얼어붙었다
아무도 그때를 알지 못할 것이다
고무 냄새와 같이 내가 아직도 불안하게 앉아 있다는 것을

내가 사라지고도 내 곁을 지키는 이 습기는
아직도 나를 지켜본다

메르세데스 벤츠 뒷 자석에 앉아 아파트 부지를 생각하며
움푹움푹한 긴 운동장을 천천히 돌아나온다

하늘을 보고 있으면

네 생각 날 때마다 가고 싶은 마음
청 보리 빛 타오르는 여행길
긴 호흡 참으며 날개 펼치는 구름
무거운 겉옷 벗어 세상 밖으로 내 던지면
금방 눈물 고여 눈먼
저
하늘
두 귀 활짝 열고 펼쳐놓은
끝없는 여백
산 위에도 산 아래도 모든 것 다 내려놓고 지워버린
있어도 없고 없어도 있는
저 끝없이 펼친
완벽한 여백
지구 궤도를 이탈하는 듯
한사코 뿌리치는 듯
갈비뼈 없는 너의 어지럼증

내 안에서 힘겹게 돌아가며 달그락거리는 생의 소리가
늘 궤도를 이탈하는 중이다
나는 나에게 늘 오리무중이다

아무리 어두운 밤에도 인간처럼 눈을 뜨고
네가 갈 곳 내 눈이 부시도록 내려다보며
새초롬한 잎사귀마다
반짝이는 푸릇한 그 별빛
한없이 싱그럽다

겨울나무

허공에 겹겹이 피어난 잎, 잎들
깃발처럼 나부끼던 한 시절이
저무는 땅 위에 제 모습을 지운다

기쁨도 슬픔도 한데 섞여 어둠이 되는
피고 지는 사계의 마지막 등불을 끄고
퇴적된 기억으로 낙엽이 태워 올리는 메시지는 무엇인가?

초록도 없이 일어서는 흔들리는 불꽃
씨앗처럼 단단한 부활을 꿈꾸는가
아궁이 바깥세상을 환하게 밝혀주고 있는가

서리 내린 길마다 하얀 절벽이다

흐르는 물이 고달파
돌멩이가 되고픈 한 소망이
강물 위에 지문으로 문득문득 되살아난다

오늘도 구멍 난 생의 그물을 깁는 햇살이
파르르 몰려와 반짝이는 숨소리를 낸다

지나온 길 곱게 개어 가부좌 틀고
참선하는 겨울나무

줄줄이 모자랐던 시간 이제 찬바람에 깎여
나목의 서걱이는 향기
안에서 고여 넘쳐
네 안에 또 다른 세상을 향해 걸으며
햇살 속 작은 우주를 허리뼈 시리도록
유심히 들여다본다.

담쟁이 넝쿨

두, 세 번 태풍도 치른 담쟁이 넝쿨
죽어서도 손은 놓지 않을 것이라 다짐한 듯
가시털 솜털 다닥다닥 마주 잡는다
담장 밑 지구대의 하루가 꿈틀거린다
한 땀 한 땀 수를 놓는 넝쿨들의 낮은 포복에
한여름 땡볕도 그 속으로 스며든다
아무에게도 읽히지 않으려 모퉁이 돌아 서둘러 떠나가는
여름 한 페이지 넘어가는 소리 들린다
내일로 가는 길이 더 복잡해질수록
나는 종종, 아주 종종 지구 사랑 나비도 벌도 온몸 꿈틀 꿈틀거린다
내 몸으로 내 몸을 꿰매며 더디 가는 발걸음
나는 절벽이 집이므로 죽도록 거꾸로 매달려야 산다
누구처럼 벤치에 앉아 꽃무늬 얘기 나누는 그런 손발 편한 족속이 아니다
내 몸 내가 이고업고 살다보니 허리 펴는 어려움이 이만저만 아니다
털어도, 털어도 온몸이 끈끈이처럼 달라붙어
온통 세상이 캄캄한 밑줄에 갇혀 있다
손에 손을 깍지 끼운 절묘한 부침의 몸짓으로

세상의 큰 소리도 작은 소리도 모두 빨아들인다
이 여름 무더운 해를 나눠 먹으며 속으로 끓는 불까지 잠재운다
아무리 허리띠를 졸라매도 흘러내릴까 봐
바지춤 추켜올리며 생의 허기 움켜쥔다
빛보다는 차라리 어둠 속을 파고들고
길보다는 차라리 험한 절벽을 기어오르는 나는
집 안팎의 절벽을 품고 아름다운 울타리를 만든다
나는 늘 거기서 초록 연기 모락모락 피워올린다.

지리산

어디서 눈을 들어도
산 위에 또 산이 구름 가득 품고
거기 서 있다
마적 같은 눈보라도 범치 못하는 거기
산을 받쳐 하늘 하나 보듬고 산다
누구는 입으로 산다는데
할 말이 많아도 할 말이 없어도
옷을 찢어 뿌리는 저 마고 할미
그 서설이 오직했으면
성삼재 노고재 화개재 반야봉 토끼봉 천왕봉 중얼중얼 거느리고
깎아지른 기암절벽 앞세워 사자후를 할까

반야!
하늘로 솟은 뿌리
그는 늘 거꾸로 선다
구름 속 지존의 그림자
웃는 듯 우는 듯
매일 봐도 근엄한 산부처
삼도 오군 십팔개 면을 거느린 지리는
내일로 가는 길이 더 길고 더 높다
바람도 구름도 그 높은 암맥을 향해
낮게낮게 몸을 엎드린다.

메마른 강

강도 물이 빠지면 한 번 더 살고 싶다
바닥은 끝이라는데
끝이 아닌 것은 무엇일까
다 마른 강을 하나 건너왔는데
물이 없다고 강이 죽어 있는 것은 아니었다
누군가 먹다 버린 사람들의 검은 유령들이
여기저기서 신음소리를 내고 있었다
빈통 과자봉지 사과 반쪽 토마토
죽은 물고기들까지
눈알이 쓰라린데 위장은 자꾸 작아지고
아무에게도 편안한 안부를 고르지 못하는 나
눈꺼풀이 자꾸 커진다 아니 자꾸 작아진다
강 안쪽으로 아무리 들어가도 자꾸자꾸 강 바깥뿐이다
강이 죽진 않았지만 강의 속이 없다
강의 가장 깊은 속까지 강의 바깥이다
이 메마른 강이 속없이 살고 있는 나와 같다
내 말도 내 속도 어쩌다 풀잎만한 깃털도 하나 없이
내 마음의 강에도 물이 다 말라버렸다
속도 없이 강바닥을 다 드러내 놓고
탁한 먼지 바람만 불고 있다.

나르키소스 수선화

몸이 갇혔다
주위를 빙빙 돌아 봐도 들어갈 곳이 없다
불쌍한 것
안인지 밖인지 알 수가 없다
동굴 속에서 하늘로 향한 길은 통로가 너무 좁았다
동굴을 빠져 나가기 위해 가도 가도 끝이 보이지 않는
하늘로 따북따북 걸어갔다

너 따위와 같이 어울릴 바에야 차라리 죽는 것이 낫다는
나르키소스에게 몸도 마음도 모두 갇혀 버리다니
매정한 사람
나의 나르키소스
향기에 얹혀 있는 그를 향한 나의 이름은
에코요정

세상을 외눈으로 본다
쾅쾅 얼어붙은 안과 밖이 으르렁거릴 때
쿵하고 단숨에 온몸에 구멍이 뻥 뚫리는 순간
가슴속에 파닥거리던 솟대 하나
아무것도 이루지도 못한 방울방울 노란 눈물이 어룽진다

무거운 고개 뚝 떨군다
무슨 미련 그리 많아 그 무거운 화관을 목이 부러지도록
그 많은 긴 팔다리를 바들바들 떨어가며 이고지고 있나
꾸벅꾸벅 머리 숙이며 절룩대지 않는 사랑이
세상 어디 흔하랴

아이고! 우리 집 공주님 학교에서 오자마자 책가방을
거실 바닥에 휙 집어던지고 먹이 노리는 맹수되어
방 안에서 전동킥보드 자물쇠를 돌리는
우리 집 수선화

삼봉산 진달래꽃

밝고 맑고 하늘이 높았다
삼봉산을 올랐다

즈믄 상처 열고 닫는 해와 달 바람 온난구름

절벽에 뿌리 박은 진달래꽃
솔 그늘 들추다 들켜 두들겨 맞은 그 흔적 끌어안고
눈시울 마다 뜨겁다

닳고 부스러진 발가락이며 손가락들
몸뚱어리까지 휘휘 꼬부라져 있다

몇십 년 우리 어머니
끌고 다닌 다리

바람에 온몸 휘어져 왔다 갔다 하면
삼봉산도 고개를 내젓는다

멀수록 그립다기에
한 걸음 두 걸음 아껴가며

봄이 기운 산을 걷는다

아이가 쏘아 올린 폭죽 같이
푸드덕 날아오는 산새를 배경으로
내 앞으로 다가온 구름은
누가 띄운 아무도 읽지 않은 편지

손톱에 갇혀 버린 사랑
소리 없이 눈물이 나나
눈썹에 붙어 떨어질 듯 매달린
선홍빛 진달래가 바람에 흔들리며
소리 없이 노래한다

황매산 철쭉

긴 겨울 건너오는 동안
뼈 시린 고통 감내하고
이상 난동 다 거친
황매산의 붉은 울음소리가 바람에 흔들린다

끼리끼리 모여
눈 감고 귀 막고 떠들어대는 소리가
세상을 주목시킨다

바람의 물음표가 끝없이 흩날려도
아무것도 두려워하지 않고
우렁우렁 대차게 외치는 피울음 소리 거칠다 못해
붉은 피가 되어
소리도 하나 없이 폭포수처럼 솟구친다

꽃과 꽃 진한 포옹
마의 같은 외로운 황매산 매만져서
철쭉제 장편소설 단어마다 문장마다
가슴 뜨거운 수천 수만 붉은 꽃내음
뉘 보란 듯 풀고 있다

붉은 모자 눌러쓴 두 어깨 맞댄

밀물 썰물 그 아래

하얀 머리카락 쓸고 간 저 황혼들도

가슴 뜨거운 붉은 사랑 있나보다

오지 않는 봄을 기다리며
-가을의 냄새

컹컹 우는 늦은 가을 햇빛을 달래며
두 어깨에 허기 한 점 얹고 가는 길
여의도 한복판 빌딩은 높기만 하고
햇빛을 과식한 가로수 즐비한 은행나무 추억은 한 잎 두 잎 물들고
맑은 날도 흐린 날도 닳고 닳은 두 무릎은 아무리 날아도
날기도 전 사그라드는 청춘 꺾인 두 다리
몸속 일기예보는 매일 비대한 구름 떼에 휩싸여
한 입 가득 하품뿐이고

헛발질뿐인 음표로 누군가 곡을 붙인
되돌이표 후끈후끈 달아오르는 은행잎 하나 둘 지는 사거리
무심한 척 스카프 두른
멋 부린 힘없는 갈지자가
한 생의 노정에 밑줄을 그으며
도시의 가로수 길을 서성댄다

보이지 않지만
마음속 더듬거리면

앞장 서는 먼 옛날 옛 사람 옛 추억들
구멍 난 내복 속으로 바람 몇 개 스며드는지 수를 헤아리던
엄동의 시절
복숭아를 훔쳤다는 누명이 벗겨지는 날은
어머니가 측간에서 울었다

머리에 쓴 고깔모자는 기억 속
반짝이는 웃음 심는 아이들의 눈에 적은 소원은
새 옷 한 벌
새 신 한 켤레
십자가 꼭대기에 저마다 걸어 놓았다

늦은 가을 보리개떡 냄새 컹컹 우는 그 시절
부풀어오는 겨드랑이 땀 냄새 즐비한 그 시절
다시 흔들어 깨우고 싶다
헐렁한 저고리 고름 다시 여며보고 싶다

구름의 설사 바람의 노래

-구름이 우는 날의 기록-

우굴우굴 물기뿐인 몸
우둘투둘한 손바닥으로 구름의 눈썹 뼈를 깎는 곡예는
울창한 숲에 새의 심장을 심는 일
아무리 밟고 올라서도 흔들리지 않는 단단한 몸
구름의 조상을 바위산에 묻었기 때문일까
구름이 울었다는 기록은 지구의 그 어느 사전에도 없다
천지에 먹구름을 두려워하는 먼지들
먼지 공장 사람들

대통령을 향한 밀림의 시위대 손가락이 하늘을 찌른다
환경단체 사람들이 개발 반대 구호를 목이 터져라 외친다

독수리 질주하는 허공 그 어디서
떠나고 돌아오는 기다림 그 어디서
물결을 쓸고 다니며 세상 밝히는 그림을 그린다
약보따리 한 가방 멘 어머니 어깨에 피멍이 맺힌다
가는 걸음걸음 콜록콜록 기침을 한다
풀벌레 울음을 가슴에 묻고 조용한 것은 그 어느 나라의 종교 의식일까
어둠에 익숙해진 그 눈빛 어룽진다

이제 네 몸이 작은 물고기 알처럼 태어나는 순서
가는 걸음걸음 물방울로 태어나는 순서
가슴뼈도 물렁뼈도 없는 물방울들이
허공을 방황하다 미로 속에 갇혀버린다
언제 캄캄한 벽을 지나 지상에 가 닿을까
언제 바람 되어 속삭일까
언제 꽃이 키운 열매되어 속삭일까
그린틴 영화를 기다리는
청소년 소녀들의 눈방울이 온 거리마다 반짝인다

사방이 어두워진다
팽팽한 뱃속으로 파도가 울 때
네 안에 네가 보이지 않는다
붙잡지도 떠나지도 못하고
꼬깃꼬깃 쓰고 또 쓰는 구름 편지들 구름 노래들
구름이 제 발자국 냄새를 맡고 컹컹 짖는다
구름이 구름을 먹는 소리가 난다
구름이 풀 뜯어 먹는 소리가 난다

너는 설산이 녹을 즈음

하늘의 허기를 뚫고 걷고 달린다
구름 속에 파묻힌 망령들이
난데없는 바람의 기침소리를 내며
다시 구름이 되지 않기를 빌고 또 빈다
구름이 노래를 배운다
뜨거운 용광로의 불꽃을 잠재우는 경배가 시작된다
구름 협곡에 접힌 지문으로 세상을 짐작해야 하는
고민은 또 무슨 신앙일까

마른 빵을 씹으며 구름과 동침하는 시간
세상을 오로지 홀로 울어야 한다는 명제가 의무일까
먼지를 입은 하늘이 무겁다
무엇으로 비워야 하나
잔주름 굽이굽이 옷을 입은
붉은 듯 검고 검은 듯 흰 큰 손바닥이 보인다
여기저기서 전단을 살포하는 검은 손바닥들이 하늘과 땅을 다스리며
죽은 이의 영혼까지 다스리며 순례의 길을 나선다
구름을 파고들어 노래하는 너에겐
잠자는 육신은 없다
피부에 닿는 적막감이 담요 속에 웅크리는 잠을 때린다
멀수록 그리운 구름 우는 소리가
앞을 좇지만 뒤로 가고 뒤를 좇지만 앞으로 간다

하늘의 허기를 뚫은 구름의 풀 뜯어 먹는 소리가 자꾸 커진다
구름이 출렁출렁 흘러내린다
아픔도 하나 없이 네 얼굴 밑으로 네 발밑으로 주룩주룩 흘러내
린다
도열의 방식으로 차가운 숨을 몰아쉰다
네 가슴속의 끝없는 노래를 누가 대신 불러준다
아무것도 추하지 않으려 네 몸을 쿵쿵거리며 빡빡 씻는다

하늘은 알고 있다
구름이 작곡한 노래가 사납고 시끄럽지 않으면
지구에 무덤이 많아진다는 것을
구름의 부피를 재는 순례자는
극지에서 열대까지 구슬땀 흘리며
그린틴 노래 심으러 왔다는 것을

하늘에 이제 더 이상
별장 같은 구름은 없다

판자촌은 꿈꾼다

판자촌에 새벽이 온다
리어카를 끄는 늙은 새 한 마리
울퉁불퉁한 시멘트 길을 절룩절룩 간다

안개는 녹아 흐르고
할머니가 있어 아직 사라지지 않은 옛날식 리어카가 반가부좌 튼다
창포 꽃 피어나는 말간 소리 가만히 담긴다

창문만 진열해 놓은 담 높은 집들은
무아지경 잠 삼매에 빠져있다
초점이 없어도 자전하는 지구본처럼
아무리 리어카가 좌우로 흔들려도 반발하여도 그녀는 환하고 맑다

가판대 위 물고기의 눈알처럼
죽어가면서도 날개를 펴는 새의 날개는 무한대, 무한대
그녀는 몸으로 말한다
거리는 산만해서는 안 되지 안돼

혼연히 굴뚝새가 날아오르고
놀란 리어카가 이빨을 드드득 갈며 지나간다

종이 박스는 나무이고 나무들을 향해 날개를 활짝 펼치는 새

나무의 얼굴이 라면의 빨간 국물로 얼룩졌지만
어느새 새의 발톱이 더럽혀졌지만
그 속내를 도무지 알 수 없는 하수구가 쿡쿡 트림을 할 때
태양의 앞가슴이 조금씩 팽창한다

할머니는 나무의 작은 기억까지 상상하면서
흔들흔들 리어카보다 먼저 붓방아 찧어가며 그렁그렁 속 깊은
기침을 꽉꽉 토한다
둥근 해도 뽀드득 뽀드득 노래한다

오지 않은 새의 지저귐이 아스발트 틈이란 틈에 박히고
할머니는 늘 제 몸보다 한 사이즈 큰 종이 박스며 술병이며 버린
신발까지 리어카에 담아
재활용 동국환경회사에 간다
리어카에 몇 줄 남겨진 할머니의 지문들은 붉은 꽃밭이고
신명난 어깻바람에 지구가 들썩인다

불꽃

촛불 앞에 앉는다
인적조차 태워야 할 흔적이다
지워야 할 생각들까지 불타는 불꽃은 눈부시다
낯익은 것 사라지면
최초에 의지조차 불꽃에 시달리다 사라진다

어둠을 수선하느라 밤을 새는
달의 퇴행이 진행되고
가까운 식구들을 놓치는 것도 모자라
나까지 하나 둘 놓치고 있다

몸이 타며 빛이 일어
그 몸빛 누가 담금질할까
우리 삶 최고의 영광
잊어라 잊어지지 않는 것까지 태워라

나 사랑한 것
너 사랑한 것
차마 놓지 못하는 빈 배까지 태워라

담장 너머에까지 바람이 청량하다
먼지 낀 세월 사이로 별이 쏟아진다

말의 각도

추위가 몰아칠 땐
날카롭게 파고드는 외각
세상에 헛소문이 파다할 땐
뒤통수를 내리 찍는 둔각
또 하루 각뿐인 말로
가슴속 창고 깊숙이 안개 꺼내 피운다
내 안에 말도 내 밖에 말도 모두 벌말뿐이다.
겉멋 들어 부풀어 오른 허파
울컥 내쏟는 말 엇각뿐이다.

딱히 아무 할 말도 없는데
몸과 마음 두드리고 줄지어 쌓이는
외각 둔각 엇각이 발밑에 수북하다
꽃잎 꺼내 밤을 피우는 봄바람은 평각일까
사막에 이슬방울은 둥근 원일까
하나 둘 허전한 말들이 어떻게 하면
뚝 끊어질까
말이 적은 날에는 밤이 항상 환했다.
또 말이 사람을 바꾸기나 할까

기침소리

때늦은 가을
오늘도 하늘에서 내 목에 칼 씌워 잠근다
살려달라고 매달리지는 않지만
살아보려고 매달린다
내 몸속에 비릿한 생선 냄새가 그렇게 많을 것이라고는 한 번도 생각하지 못했다
살아보려고 매달리다 꽉 기침을 하는 것이 아니라
내 몸속에 지독한 비린 냄새가 역겨워 꽉 기침을 한다

콜록콜록 내 목 낙숫물 소리에 잠을 깬
혈압도 맥박도 호들갑을 떨고
겨울 산 어느 응어리진 고단한 내 긴 숨도 모두 깨어나
가래로 번져가는 모반과 뒤죽박죽 얼키고설켜 컹컹 짖는다

비로소 목에서 나는 낡디낡은 문고리 소리가 작아진다

2

낙엽 따라 간 사람

당산나무

마을의 당산나무 그늘이 옛날처럼 무더위에 끌리고 있어

마른 잎을 덮고 뼈로 지낸 죽은 새의 시선이 좋아 개미의 걸음 걸음 뿌리가 자라고 있어.

상춘의 계절 신발들이 모여들자, 당산나무보다 더 사람들 얼굴이 울퉁불퉁 땀방울에 절어 있어.

풀과 나무로 산맥을 이루는 마을은 새 떼를 데리고 고전의 시대를 가고 있어.

아이들 웃음소리가 파다했었던 때는

그 많은 당산나무 이파리가 모조리 노래하고 휘파람 불며 가벼운 체위를 바꿔가며 늘 새로운 계절 속으로 입성했었어.

한복 저고리에 사흘에 한 번씩 동전을 달아야 한다는 말은 거짓말이 아니었어.

어머니가 무릎을 감싸안고 얼굴을 무릎에 대는 밤이 사흘에 한 번씩은 꼭 있었으니까.

그땐 철없는 가시나 셋이 모이면 접시가 깨진다는 말 풍문으로 돌았어.

그런 밤마다 별이 방안 천정에 반짝이며 떠다니는 그런 몽롱한 기분이 들었어. 그때 내 안에 소들을 보고, 내 안에 돼지들을 보고, 내 안에 개들을 보고, 내 안에 닭들을 봤어. 나는 세상에서 가장 무거운 것과 가장 오래된 것과 애무하는 기분이 들었어. 고향의 발자국이 뒤덮여 내 발바닥 밑에서 나무뿌리가 자랐어.

밀빵을 혀에 넣고도 슬퍼지는 기분이 들었어. 하루하루 사람이 어디론가 멀리 나가고 마을 안에서는 또 사람들이 하나 둘 죽어가고 했어. 이랏! 소 타고 마을을 돌아다니던 때가 있었어.

점차 마을로 돌아오는 발길보다 나가는 발길이 잦아진 내리막 황톳길 희미해 보였어.

고모가 맡기고 간 젖먹이를 업어 키우는 할머니. 아이가 칭얼거릴 때마다 당산나무에 걸어 두었던 자장가를 용케도 끄집어 내셨어.

당산나무는 어디쯤 마디를 잘라냈는가 그 흔적을 찾을 수 없어.

당산나무의 문을 드르륵 열고 들어가던 그때 그 사람들의 지문들이 메마른 나무껍질이 되어 뒤죽박죽 바람에 흩날리고 있었어.

당산나무 둥지를 받치고 잠들었던 사람들

울울창창하게 뻗은 높은 가지들 사이사이로 소리 없이 알싸한 모깃불에 무더운 여름 달력을 한 장 두 장 넘기면 푸른 청절의 여름, 등허리가 축축해졌어.

황량한 벌판에 바람이 주인인 지금은 아름드리 당산나무 뿌리들의 울퉁불퉁한 등고선에 지나간 옛사람들의 그림자만 기록되어 있어.

제 몫을 다한다는 것도 사람이고 제 몫을 못한다는 것도 사람이고 변명이 백과서전인 사람들.

왜 나는 늘 내 밖에서 마음이 아픈가?

마을은 캄캄한데 마을의 기원 당산나무만 온몸이 근질근질한지 텃새들이 당산나무 가지를 비틀어대고 저 멀리 차 발자국이 뒤덮인 주차장에 검정색 볼보S90 승용차가 햇빛에 반짝이고 있었어.

터널

고개를 넘지 않고 터널에 들어 가면 빛에 민감해진다
피부가 시멘트 물에 쓸리듯 터널이 어둠에 쓸리며
검은 피가 배어 나왔다
은밀한 자궁 같은 진동에 둘러싸여
숭고한 의식을 진행하는 듯 떠나라, 떠나라 소리친다
떠오를 수 없는 낮은 음 낮은 울음
오늘의 울음이 내일의 웃음이 될까
그 속에 길의 심장이 자라고 있다
내가 달리면 터널도 같이 달린다
내가 짧게 울면 터널은 더 짧게 운다
그림자도 생기지 않는 밑면이 자라난다
그걸 공포라고 할까
터널에 땅의 심장이 멎는다
인간은 역시 하늘에게는 이해받을 수 없는 동물인가 보다
터널은 은둔을 가장한 지구의 직선과 곡선의 의미심장한 활주로다
터널은 꿈을 꾼다
롤러코스터 트랙을 달리듯
끊어졌다 이어진 땅속의 긴 창자
그것이 땅의 안쪽을 땅의 바깥으로 뒤집은

신의 손등 위에 있는 공깃돌 같은 것이라면 어쩌지 머리와 꼬리를 알 수 없는 미지는

어둠 속에서 이해받으려 한다

끝도 없이 떨리는 땅의 내공소리는 두렵다 못해 슬프다

굴 안에는 수백 갤런의 어둠이 꽉 차 있다

침묵이 되는 반원의 벽면마다 인간의 노련한 길의 연대가 견고하게 이어진다

배설하지 못한 변비 걸린 딱딱한 어둠을

밖으로, 밖으로 밀어내는 불빛이 아무에게나 반갑지도 않은 인사를 한다

차 안에서 묽은 얼굴들이 출렁거리고 터널이 짓누를 때

가장 먼저 막히는 건 항상 내 목구멍인지 컥컥거리며

술 한두 병 꺼내 입에 가져간다

돌파구는 항상 어둠 속의 대화로 길을 연다

눈의 탁본

눈이 왔다
화면 밖의 한 풍경

하얀 사막 한가운데
척추 없는 동물처럼
겨울이 편하게 누워 있다

물로 만든 척추 같은 시내는 구부러져
물결이 끊어졌다

겨울은 때때로 요동치는 바람에
삶은 죽은 듯 숨어 살고
죽음은 유독 살아 있는 듯 안과 밖을 관통하며 지나간다
그것은 어쩔 수 없는 이별의 문장일까
갈대 쑥부쟁이 넘어질 듯 넘어질 듯
함축과 은유의 고요한 바라춤을 춘다

눈이 왔다
화면 안에 한 풍경

겨울바람이 들락거리는 지붕
처마는 구부러지고 기와 위에 눈이 출렁인다
날개를 털며 내려앉은 물기들이
방울방울 추녀에 떨어진다

손주들 웃는 모습 앞마당에 줄비하고
두 팔 벌린 감나무 앞에 로봇 눈사람은
하얀 웃음이 웅크리고 사는 집이 되고 만 것 같다

씻어 걸어 둔 신발을
내일 새벽이면 꺼내 신고
엎드려 아픈 소리 내는 차가운 눈길을
굳은 살 섞으며 멀리멀리 가고 싶다

개미들이 이사를 하는 까닭은

-비는 새의 노래, 개미들의 이사, 물고기의 노래

새가 있어
아직 사라지지 않은

어망에 물고기 눈알처럼 죽어가면서도 먼 하늘 바라보는 시선을 잃지 않아서
그 아득한 세월을 하늘에서 지상의 전망을 관망하지

묵은 상자의 먼지를 털어 내기 위해서 땅에서 뛰어오른 새는 날개를 펼치며 말을 하지
물고기의 잠을 자는 구름을 두드리고 싶다고
세상의 더러운 찌꺼기도 축축한 날개로 두드리고 싶다고
알록달록 하늘의 망울을 터뜨리며 헐떡거리고 미래를 여는 것은
얇고 길고 번쩍이는 우주의 트랙을 달리는 햇살이겠지만

바람을 묻어 온 비가 있어
아직 사라지지 않은

하늘에 돌돌 말린 구름의 깃털을 뽑아 온몸 적시고 서늘한 날개를 세우지
그 수심을 도무지 헤아릴 수 없는 난해한 문장들이 소리를 내지
넓은 강을 마주하고 마지막뿐인 물결들이 우렁우렁 소리치지
흔들의자는 혼자서도 오랫동안 흔들거리지

비가 날아간 자리에 적막한 갈피에 잦아든 풍경이 마르고 거친

혓바닥을 내밀어 적시는 순간
심해어의 눈처럼 의미심장한 무언가가 있겠지

두 날개 펼칠 비범한 비법飛法
직필인 듯 곡필인 듯 허공에 낙서를 휘갈기다
홀연 달필 긋고 날아간다
그 날개가 세상을 바꿀 것이다
어쩌면 분란을 안고 속이 까맣게 타들어가는
미세먼지 가득한 세상을
초점 없이 자전하는 지구를 위해 온몸 다 내어주고
맨발로 구르다 쾅쾅 박아대는 장대비

그는 진창이 된 허공에서 지쳐 버릴 때도 있다
그는 자신이 이끈 군사들의 손을 잡고 눈물을 흘린다
분란이 없는 곳이 없다
몸 위로 물방울이 떨어지는 꿈은 꿈이 아니다
슬프지 않으면 두려워지는 우리가 신의 눈에서 떨어지는 눈물이라면 어쩌지
온 세상은 물로 뛰어든다
물 바깥은 하늘

우리의 시계에는 맑은 하늘이 없다
아무것도 모르는 먼지와 대화하려면 쓸데없는 말들이 많이 필요해

하늘 아래 날개를 흔들고 춤을 캉캉 추다 보면
유쾌해지겠지
모두 흔들리는 것 같아서
모두 출렁이는 것 같아서
흔들리다 출렁이다 보면 바람이 분다
물줄기마다 폭포를 마주하게 되지
잘 익은 구름 한 동이 두 동이 너울거리며 펴 나르는 역사들이
캉캉 새의 발가락을 찍으며 날개를 접었다 폈다 즐겁게 추락하지
구름의 심장을 찾아 깊이깊이 손을 집어넣고
우주 쓰레기까지 청소하는 자의 이름은 무엇일까.

날개만 보이는 세상의 말들은 이륙이 기본이다
떠오를 수 없는 날은 가라앉고
가라앉을 수 없는 날도 가라앉고 그 끝 모를 바닥에 가라앉아서 자신이 날아다니는 새라는 것을
잊어버렸을 때 그 모호한 물방울과 그 모호한 꼬리로 그 모호한 말을 한다
원시적 불립문자不立文字 같은 물의 평화로운 말을 목구멍이 아리도록 주룩주룩 한다
새는 새가 아니다
하늘에서 새는 것이 구름에서 새는 것이 새다
비다
비다
새다
물결무늬에 소나무 향이 미나리 향이 난다
언제 멀리 이사를 했는지 개미들이 보이지 않는다.

오줌

바람은 말한다
밤하늘에 작은 눈썹 하나 떠간다
내 심장에도 그 눈썹 하나 떠간다

바람은 말한다
돌아오고 돌아가는 게 생이다
변기 속으로 달이 나간다
변기 속으로 내 심장이 나간다
돌고 돌아야 살아 있는 내 안에 물소리가
찰찰 난다
거짓말처럼 내 몸이 신성해진다

연명

사거리 '수방꽃집'의 벽걸이 어항 속 물고기는
늘 몸보다 한 사이즈 작은 유리관 안에서 빼금거리는 아가미로
말한다
그래도 살아 있다고 동그란 두 눈알 오종종 꽃잎을 보고
기적처럼 거꾸로 구부러지고 플라스틱 묻어 온 햇살 털고 헤엄
친다

바람이 들락거리는 꽃집 안으로 들어가는
노을은
첫눈 오면 더 많이 웃는 만개한 국화꽃을 본다

손자도 손녀도 어항에 밥을 주지만
아들도 며느리도 꽃에 물을 주지만
그는 본 척 만 척
어항 속 물고기보다 더 못한 생을 살라한다

이 눈치, 저 눈치
이 거리 저 거리, 이 골목 저 골목
노을 물든 안락사를 꿈꾸는
늙은 유기견 한 마리 힘없이 떠돈다

골방 침대 한 칸, 밤새 앓는 소리 말없이 시끄럽다.

이 약 저 약 처방 받아
이 약이 들으면 이 병이고
저 약이 들으면 저 병이고
차가운 바람에 묻어온 바싹 마른 입술로
색이 날아간 말 마디마디 절명사를 남긴다
왜 이리 안 죽을꼬

가로수 나뭇잎 뚝뚝 내리치는 저 무심
수족관에 물방울 속울음을 우는지 어두워진다
강가에 물고기는 죽는 순간까지 그 눈을 기억한다는데
어항에 그는 또 무엇을 기억할까

낙엽 따라 간 사람

낙엽은 누굴까
온몸을 바람에 내어주고 뚝뚝 떨어져 내리는 날개
가을은 시끄러워도
조용해진다
누구의 발밑에서
바람은 우는가
대못을 꽝꽝 박아대는
고독한 추위
노을을 건너가는 바람 타고 구른다
온몸 다 내어주고
또 구른다
누가 저승에서 건너오라고
꽃구름이 꽃상여다
그 꽃 타고 오라고 내리친다
천 조각만 걸치고 걷는 여자 빠따짜라와 같은 장노니의 게송*

죽음이 있는 윤회엔 죽음 때문에 생긴 눈물이 사대양의 물보다 더 많다는데

자신의 몸을 청정히 하고 열반으로 이끄는 아라한과*를 성취해야 한다.

수원 연화장

봉숭아 꽃물 드린 누이 손톱도

이제는 놓아줄까

별자리 하나 옮겨 놓지도 못하고 수 천 리 떠났는데

검은 까마귀 호곡이 맴을 돌다 떠난 뒤에

우르르 쏟아지는 민얼굴들

햇빛도 삭아가고 뼛속까지 시려온 가을 숲속에

하얀 안개 가루 한 줄기 두 줄기 피운다

이름 없는 이름. 자야!

이미 천조각도 다 태워버린 누이!

다음 생에는 빠따짜라의 110 게송을 듣고 인자한 비구니로 태어나려나.

*게송(偈頌) : 부처의 공덕을 찬미하는 노래
*아라한과(阿羅漢果) : 소승불교에서 온갖 번뇌를 끊고 세상사람들의
공양을 받을 만한 공덕을 갖춘 부처(나한)

강에서 깨다

등을 돌덩어리에 기대고 잠들었던 강가에서
흙탕물 냄새가 훅 끼쳐온다
사방에 울울창창하게 뻗은 진풍노도塵風怒濤들
평정심을 잃은 채
창공에 닿은 합창소리 시끄럽다
폭풍우가 대못을 쾅쾅 박는다
맑은 소리도 탁한 소리도 어미도 없는 놈이다 애비도 없는 놈이다
대형 환희에 가슴 벅찬 놈이다
홍수는 시끄러운 만큼 고독해진다
꿈결처럼 말을 거는 거대한 혀를 빼고 아가리를 확 벌린다
나는 경호강 물결들이 지나가는 미몽 속으로 걸어들어간다
구른다 모두 구른다 나도 구른다
바람은 불고 비는 오고 태양에서 숨긴 바다에서 숨긴 태풍 다나스가
강의 문을 열고 들어가자
억겁의 땅에서부터 하늘에까지 치솟은 내력이 새까맣다 새하얗다
물기둥을 키우고 나무를 흔들고 풀을 흔들고 강을 흔든다
산의 육신과 물의 육신 사이를 비집고 난 새 물길이

와 본 적 있는 것만 같은 출렁이는 물결이 천지에 빛난다
굽이쳐 가는 저 붉은 황토물이 기세등등하다
황토물 전쟁이 빚어내는 소리가 더욱더 높아진다
끝없이 이어져 불거진 물의 뿌리와 줄기와 가지들
머리채 그러잡는 갈퀴손에
생살이 찢기는 강의 호곡소리를
황토 필체로 쓰는 저 문장 뒤에 확 썰고 간 자리마다
강은 새로 깨어난다

뒤돌아보면 아름다운 현시
끝없이 이어진 물의 굽이굽이 장엄한 절경들이
태풍에 부서진 구름 조각들을 입에 물고
웅장한 시 낭송을 한다

암벽 등반

하늘 끝 프리 솔로 정수리에
로퍼를 꽁꽁 묶었다
잠시 왁자지껄함이 사라졌다
어느 순간 누가 몸속에 분란을 잠재워 이다지도 조용할까
가는 줄을 토해 내며 한 발 두 발 하늘로 올라간다
제 몸을 깎아 우는 바람 탓에
절벽은 더욱 길어졌다
깎아지른 절벽에도 상처와 구멍은 있어
그 상처와 구멍이 다급한 요기가 된다
절벽 속에 길을 찾는 생환일지는
막막한 허공 속에 발이 시렵다
그의 작은 발바닥 밑에서 녹는 아득한 절벽은
무수한 죽음을 집으로 가졌다
머리 위로 발밑으로 쏟아지는 허공
생사는 손발을 뒤덮고
무릎까지 덮은 후에도
어느덧 턱밑까지 차오른다.
한 치 앞도 없는 절벽을 붙들어 두는 차가운 감정이
발끝에서부터 손끝을 타고 올라간다
욕망이 줄 끝에서 여객기 소리처럼 진동해도

매일 아득히 떨어지는 아찔한 꿈은 사납다
또 다시 프리 솔로 정수리에 로퍼를 묶는다
고요한 죽음 하나가 생의 중심을 잡고 있다
무언가 떠오를 때에는
온몸이 땀에 젖곤 한다
살아 있는 그의 몸속에 물이 새를 기르고 있다

포도송이

나는 안개 속에서 아득히 흔들리며 살아요
나는 별을 품었어요
파릇한 잎사귀에서 동그란 생각이 돋아나고요
긴 울타리 안에서 무더기무더기 한 무리를 사랑하는 것
한 송이를 사랑하는 것
한 알을 사랑하는 것 모두 맨몸으로 떠오르는
동그란 얼굴뿐이랍니다
내가 보고 있는 걸 당신이 보고 있고
당신이 보고 있는 걸 내가 보고 있어요
우리들의 몸에 새 살이 차오르면 편안히 숨쉴 만한 여백이 사라져도 좋아요
아무리 굵어도 찢어지지 않을 때까지만 차오르는 것이 서로의 사명이랍니다
외로움이 필요할 때마다 외로움을 달래줄 무수한 동기생들이
웃기도 하고 떠들기도 하고 말을 걸어오기도 해요
당신이 내가 보고 있는 것만큼 보고 있어
우리는 아무것도 의심할 필요가 없어요
서로를 못 믿을 만큼 떨어져 있은 적이 한 번도 없으니까요
네가 내가 되는 것, 내가 네가 되는 것
그렇게 서로 새 살이 차오르면 소리 없는 기도를 두 손 모아

합니다

한 알 한 알 심장을 뽑아 공중에 매달아 따끈따끈 진지하고요
신발 없이 맨발로 허공을 걸어 다니지요
태양은 붉은 예배당처럼 우리 위에 철벅 주저앉아서
두 다리에 더 힘을 주어라 더 하늘로 솟아올라라 소리치지요
보통 외로운 가슴에는 잃어버릴 것이 많기 마련이지만
가슴속에서 마련된 포옹과 덕담으로 가득한 우리는
시고 떫고 짜고 맵고 쓴맛까지 달콤한 안부를 서로 주고받는
우리들
누가 누굴 닮은 건지
머리와 꼬리도 모두 똑 같은 우리는
다 알아듣지 못해도 이해할 수 있는 한 문장으로
자꾸만 아름다워집니다.
잎맥들이 초록을 꽉 움켜지고 사는 것처럼
저마다의 가난한 계시에 중독되어 알알이 포옹하고
키스하며 찜통더위에 나날이 익고 익어
달콤하고 향기로운 포도가 되어가고 있어요
우리 앞에서 혼자 뽐내는 저 큰 사과, 부럽지 않아요

여름 관현악

팽팽한 하늘 선을 넘어 달려오는 빛과 교감한다
툭툭 불거진 가지들
생가슴 물비늘 일고 마르면 하얀 소금 꽃이 핀다
마른 나무 손톱자국에서 새 순이 키워 낸 사과 복숭아 감이
손톱이 무르도록 절절 끓어올라 빨간 해를 닮아간다
휘어진 나무 둥치들
해탈한 굽은 등으로 녹선 칼날 짤랑이며 양팔 펼친다
바삭대다 다 헤진 잎조차 푸른 혈맥을 파닥인다
여기저기 넙죽넙죽 받아서 향긋한 잔칫상 머리 조아리며 올린다
오! 저런 양지 쪽 바이러스마다 통통하게 속살 올라 발고랑마다
나신의 붉은 수치심 가리지 못해 동그란 볼 붉히다
햇살에 죄다 뜯긴 앞섶 여민다
여름은 득음의 귀를 열고 음률 고른 뒤
바이올린 비올라 첼로 더블베이스를 탄주하며
허공에 흩어진 향기를 주섬주섬 모아
온몸에 열꽃을 피운다

잎

꽃을 덮고 있는 그 슬픔 내가 다 가지고 싶네
햇살 먹고 피어나는 붉은 꽃 물고 앉아
작열한 태양의 하루 온몸으로 닦아주고 싶네

고단한 세상살이 흙먼지도 내 몸에 다 떨어내고
당신은 춤을 추고 아롱무늬 하나 둘 돋아나서
아련한 그 몸에다 흰 구름 붉은 해를 새겨
한 줄기 영감으로 걸어오는 별을 입에 물고
숨어 있는 상처만큼 할 일도 많은 뼈까지 훤히 비추소서

당신 밑에서만 펼쳐진 내 마음
더듬으며 보낸 시간
눅눅한 나날 참고 또 견디며
칠흑 같은 밤에도
빛살무늬 평화는 모두 당신 몸에만 비추소서

기우뚱 오십견의 두 어깨 위에
조용히 기도하듯 조용히 핀
내 사랑 꽃
행성이 떠도는 곳으로
지금 소풍 중

기차

일렁이는 수면 위로 잠 깬 영혼이 일렁이기 시작한다
시작이 끝이었나, 끝이 시작이었나, 기다란 철로가 미망 속에 현기증을 토하고 있다
발목 깊이 쌓이는 생
붙잡아도 떠나가는 쇠 소리를 쾅쾅 내며 엉덩이에 꿈을 감춘 꼬리는 친다
길마다 죽은 하늘이 벌떡 일어나 애꾸눈의 얼굴을 보여준다
바다와 강 만나는 소용돌이마다 놀란 그림자들이 들썩이고
툭 불거진 두 눈알에 불을 켠 고래 한 마리 멀리서 달려온다
놀란 사람들의 그림자가 있고 흐르는 물속에 한 떼의 사람들이 검은 고래의 입속으로 훅 빨려 들어간다
사람들은 소리를 지르고 모자를 쓴 머리 머리뿐인 머리
여기저기 머리들이 모여들어 동동동 고래 속에서 물장구를 치고 있다
생은 응시할수록 더 흔들리고 아파하면서도 책을 보는 풍경이 진지해진다
영혼의 세숫물이 씻어낸 얼굴은 맑고 순하다
몸통에 수많은 의자로 정장을 차려입은 사람들 무척 차갑고 무척 따뜻하다
누구나 한 번쯤 되돌아가고 싶은데 찬바람 일으키며 앞으로 앞으로만 질주한다
방향 없는 바다에 물처럼 마음대로 흘러가고 싶은데 고래는

변함없이 한곳으로만 흘러가라 하고 또 흘러간다
　마지막 불꽃이 타는 엉덩이는 진지하다 못해 굽 있는 신발을 두드리며 시끄럽게 달려간다
　슬픈 표정도 기쁜 표정도 자연스럽게 때론 엉성하게 바다 안에서 올망졸망 헤엄치는 느낌표가
　무설無說하고 시끄럽다
　끝없이 이어지는 저 도도한 질주의 몸짓 흐르는 물속에 떠나고 돌아오는 길에서
　꼬리에 꼬리를 물고 달아나는 역마다 반듯하게 다듬고 싶은 얼굴들이 우리 귓가를 파들거리며
　안부를 묻고 물결은 시간을 쓸다 철로 위에 길을 낸다
　푸른 별이 보이는 승강장에 들어서면 냉기 섞인 대리석 냄새가 훅훅 난다
　바람이 잦아든 기차가 엎드린 철로에
　비로소 들려오는 낡디 낡은 기적소리 우렁차다
　온갖 소동 부리고 떠난 역전을 지나
　구불구불 길을 따라 달의 속도로 집으로 간다

폐차장

우물에 빠진 시구詩句
심장에 꽂혀야 좋을
펜촉이 둥글다 못해 다 닳아
한 장의 여백 위에 마침표를 찍고 있다
가만히 이는 검은 불씨를 다시 지필세라
이빨 다 빠진 입을 짝 벌리고 앉아
풋내 나는 미사여구를 모두 생략한다
죽음 앞에서 끓어 넘치는 운구 행렬들
어수선한 공터의 비백飛白 속
종장 한 줄

늘 한 발씩 뒤처지는 녹물 고인 몸
긴급출동 꼬리 무는 호곡도 많았다
관절염 삐걱거리며 계기판도 멈춰 섰다
매일매일 수의 입은 일가
겨울밤 몸 부비며
길을 잃은 바퀴들이 총총히 쌓여 있다

밑불처럼 번져 있는
아직은 알몸의 건재함을 희망 삼아 딛고 서서

아슬아슬한 장기 이식
필라멘트 같은 소생의 시간들마다 붉은 귀가 환하다

골목 끝 망치소리 매단 함석집에
먹구름 속 피어나는 올올이 풀린
햇빛 문양 시구들을 우물에서 건져 올려
누군가 읽어 주기를 기다리고 있다

소녀의 기도

소녀는 광장 앞에 세워졌다
평화의 햇살은 일면식도 없는 광
스스로 내면을 움켜쥔 어둠이 바위와 같이 결빙되었다
목구멍 없는 커다란 입은 아무 말도 하지 않았지만
침묵으로 다져둔 결손
누더기를 박차 버리고 얼굴을 덮고 있는 모든 슬픔 다 벗고 싶네
소리 없는 고함으로 쩌렁쩌렁 울고 싶네

바람이 체온을 다 거두며 가고 있다
커다란 숲을 키우는 새의 울음을 소리 없이
목이 터져라 소리를 지르고 또 지른다
눈이 푹푹 빠지는 겨울의 거리로 나가
처음부터 따뜻한 가슴뿐이었던
바람마다 향기롭게 스미는 흙내음도
고향의 순박한 식물성 그리운 꿈마저도 냉각시킨
결빙의 뼈를 세우며 길을 내는 소녀가
영혼과 만신창이가 된 육신을 보듬고 앉아 있다
바람과 어둠 이외에는 존재하지 않는 상처가 생기고
산굽이 굽이 에돌아서 온 비바람 소리 시끄럽다
목숨까지 끌어안은 기도를 하면서도

죄도 없는 원죄로 두 손을 합장도 하지 못하고 무수한 눈물만 쏟아낸다
군용트럭에 실려 어둠의 집으로 들어섰던 일
목숨같이 끌어안은 옷고름이 풀린 일
이제 살을 벗고 그 뼈까지 벗고
소녀의 붉은 생
푸른 하늘에서 쉴 새 없이 두리번거리는
한 줌 햇살이 되어 훨훨 날아다니고 싶다

내 몸에 열이 오른다
내 몸에 칡이 오른다
날마다 닦다 보면 어두운 그림자들도 빛이 날까
이제 또 내가 하늘로 오른다

촛불

문을 열고 나갈 통로는
불상 앞으로 나 있지

붉은 피 흘리며
연비煙飛하는 몸

지워도 지워도
눈물로 타오르지

3

김만덕 할머니의 우체통

에베레스트 새

준비된 길은 없었다
허공을 바라봤다
눈이 없었다
스스로 내면만을 움켜쥔 바위와 같이
한 줌의 바람도 없는 결빙은 싫었다
기웃기웃 바람마다 스미는 허공의 분 내음이 좋았다
환하게 속까지 벅차올랐다
우주적, 그리고 고도의 막막함으로
별빛처럼 허공에 뼈를 세우며 길을 내고 싶었다
하늘의 침묵을 수저질하며 배부른 구름 냄새가 날 때마다
가슴이 벌렁거렸다
바람과 구름의 부지런함으로
별들이 떨어뜨린 빛의 심장을 찾아
찬연히 피어나는 구름 위에 구름, 구름 밑에 구름
반짝이는 새의 숨소리
더 높이 더 멀리 가기 위해
고요한 영혼의 노래조차 참는다
작은 별의 크기로 반짝이는 두 날개에 스틱 하나
아득한 꿈의 깊이로 세상이 온통 하얘진다
허공에 비밀스런 창문뿐인 무수한 설산의 집들

창문이 없어 창문뿐인 창이 무수히 열리고 닫힌다
새가 된다
자주 새가 된다
더 자주 새가 된다
빨대 같은 목구멍에서
커다란 숲을 기울이는 새가 된다
바람향 하늘향 온몸 가득히
맨발로 허공 달리는 눈의 아득한 소실점이 점점 더 작아진다
나라도 국경도 모르는 맨발의 작은 자유를 꿈꾼다
가장 낮은 계단부터 가장 높은 계단까지 늘어진 영롱한 무지개 속으로
느릿느릿 산보하듯 세상의 상처를 더듬으며 길을 더듬으며 히말라야를 오른다

민들레 겹씨

누가 저 먼 곳에서 짧은 편지를 띄웠는지
정녕 다가서면 멀어지는 비상
아무도 해독 못하고 물음표만 더한다
마른 품 고단한 발소리가 허공을 끌고 간다
그 발자국 깊숙이 젖어 그림자 더욱 짙다
새 소식을 품에 안은 한 생명
몇 바퀴 우주를 돌아 또 한 색이 열리려나 두 색이 열리려나
분주해진 바람에 네 입김 데워진다
가만히 들여다보면 눈시울이 뜨거워지는
식물성 그리움들
팽팽히 젖몸살을 앓으면서 차오르는
허공에도 땅에도 벽은 있어 허물고 다시 넘는 겹겹의
선을 긋고 세상을 뒤집는 발차기도 수 천 만 번

땅 비집고 돋은 상처 활짝 펼친 지문이 닳는다
두 눈을 감고 깊은 지심至心 다 읽어 내어
지면 위로 떠오르는 지독한 삶의 얼룩들을 달래는
비탈에도 흐르지 않는 천의 손발과 경사를 버티는 무릎 없는 연골이 있어
낡은 골목길도 위로 자란다

푸르게 날선 침묵
뼈가 시리도록 떨려오는 숨소리가
한 줄기 바람의 맨발 마중에 추사체秋史體로 일어선다
지난 밤 맺힌 이슬로 피어나면
빗장 풀어 뜨는 아침 해 마냥 하얗다

연꽃

몸 누일 곳을 찾아온 그들
이번 역은 연못이다
초록우산 펼쳐 들고 비를 맞는 연잎 역이다
온도가 조금만 올라가도 모세혈관 불붙는 그곳
심장은 연못에 던져버리고
모든 것 다 물 위에 내리면 된다
물에 있어도 물에 젖지 않고
매일매일 챙겨 먹는 해에도 물에도 눈이 있어
눈빛마다 불이 붙은 붉은 아픔 숨어 있다
긴 꽃대에 온몸을 의지한 채
마냥 타오르는 몸 붉고 환하다
그 꽃이 그의 등불이다
별을 품은 향기 더 높아진다

흔하고 탁한 곳에서도 너는 너무 귀해
별빛 보는 그리운 마음
살풋 연잎에 앉아
머리 위로 두 손 활짝 펼친 손끝에
하늘이 다 물들 때까지
바람에 흔들리며 붉은 살 채우며

연분홍 등불을 밝힌다

온몸 추슬러 가던 길들이 아무리 휘청거려도
연못 속으로 달이 뿌리를 내리는 날 별이 노래하는 날
닳고 닳은 물에서도 정수리로 치솟은 연꽃이 되어
하늘과 연못을 꿰매는 브로치가 된다

어항 속에 물고기

어항 속에 물고기
오랜 공복의 위
좁고 메마른 허기
반짝거리는 지느러미를 곧추세우고 거꾸로 걸어가는
몇 마리의 신기루가 보인다
어항을 따라 운행하는 작은 별자리가 뜨거워
은하수 쏟아져 오르는 어항 속 작은 우주 하나
그 안에서도 옥구슬 소리로 물이 출렁이고
어디선가 시작된 낮은 바람은 들어와
죽음 이전의 앞면과 죽음 이후의 뒷면을 느리게 느리게
작은 어항을 은빛 금빛 날개로 훑는다
우주의 눈물 같은 어항 속에서 화들짝 어우러져 무슨 말을 하는지 무슨 노래를 하는지 걸음을 내려놓은 물고기들이 작은 입으로 호호 물을 불어 올리며 물은 꽃잎으로 깨어나고
문이란 문은 죄다 열려 한여름 염천에도 야생을 놓친 그 향기 사방에서 모여든다

오래 전 물속에서 몸을 빌려온 죄로
사방의 물에 몸을 맡기고 돌고 도는 은빛 금빛 물고기들
평생 물속을 걸어도 물 위를 걸어도 물을 벗어나는 일은 없다

허기진 물이 더욱 어두워지며 후두둑 헤엄치는 나비 모양의 지느러미를 활짝 열고 그 작은 어항 속에서도 보이지 않는 먹잇감을 찾아

달콤한 식사를 뽀글뽀글 한다

물이 적은 그곳

그들은 바쁘다

먹이를 쪼며 비둘기처럼 뒤뚱거리며 뛴다

그리다 제 발자국들을 하루에도 천 번 만 번 핥고 또 핥는다

태풍 1

어디에서 날아온 바람일까
느닷없는 충격

꽃들이 만발할거란 초원에 마부가 달릴 거란 일기예보는 빗나가고 바람이 나무을 뒤집고 공중을 헤매는 건물을 때린다. 캄캄한 어둠이 온 세상을 뒤흔든다. 육지에서 바다에서 나무 플라스틱 무쇠 파편들이 새 떼처럼 날아오른다. 검은 비닐봉지들이 까마귀처럼 날아다닌다. 이 무서운 마법은 어디서부터 시작된 것일까?

누구의 소행일까?

우당탕탕 나무 부러지는 소리, 두 동간 난 지렁이 도로 위에 꿈틀거리는 미꾸라지 비리한 피 냄새 호두가 떨어지고 껍질이 갈라진다. 지평선 너머까지 쫓아가는 뒤틀어진 바람에 우리의 모든 얼굴이 찌그러진다. 한 치도 안 되는 풀이 모조리 다급한 비명을 지른다.

처음으로 돌아가는 것인지 끝으로 돌아가는 것인지 아무도 모른다. 일정한 규율에 따라 발걸음을 옮기며 태양과 공기를 호흡하던 우리는 열린 문을 쾅쾅 닫는다.

신의 뜻인지 뇌성벽력과 해일을 막지 못한다.

이때 비상등을 깜박이는 구급차도 쾌속정도 보이지 않는다.

바람 몇 만 톤이 물 몇 만 톤이 우당탕탕 우리의 정원과 집을 때린다. 원피스를 타고 바람이 하늘 높이 날아간다.

소리에 민감한 어둠의 덩어리들이 껍질을 벗는 동안 사구의 그림자가 우리의 집에서 걸어 나온다. 우리의 책장에는 검은 구름의 파편들이 빽빽이 꽂혀 있다. 멀미를 하던 바지랑대 빨랫줄이 잠잠해지고, 이제 무서운 것은 포식자가 아니라 우리의 작은 먹잇감이다.

오늘밤에도 하늘에 별이 빛났다.
허공을 타고 TV속으로 날아온 특보는
오리무중!
오리무중!
순한 아낙과 사내들이 뚜껑 닫힌 성냥갑 속에서 핸드폰을 들고 아버지 어머니 이름을 부른다.
TV속에서 젊은 119대원의 싱싱한 사진 한 장이 노랗게 부풀어 올라 주파수를 높인다.

우리의 정원에 그 많든 꽃잎들은 어디로 날아가고
바람에게 배운 무수한 홑받침 밑받침들만 일기장을 또박또박 박음질하고 있다.

태풍 2

그가 세상의 머리를 자르면
개들이 구멍을 판다

나무들의 걸음걸음
개미들의 긴 행렬에 세상의 구멍들까지 비틀거린다
발밑이 꺼진다

그는 바다에서 왔다는
소금기 많은 풍문이 파다하다
심장에 녹아 있던 울음이 각혈처럼 울컥울컥 쏟아진다

바람의 발자국에 뒤덮인
나무의 뿌리들이 하늘로 향해서 가쁜 숨을 몰아쉰다

자꾸만 총성이 울린다
병들이 굴러 떨어지고 나는 어두워진다

처방전 없이 약을 먹은
죽은 새의 시신이 길거리에서 나뒹군다

단추 떨어진 나무들의 헐렁한 품이 차가운 비에 젖는다
한 올의 슬픔조차 입 밖으로 내보지 못하고 마른 뼈로 다시 선다

밤이 젖고 아침이 젖는다
이 모든 검은 구름의 속도가 내 손 밖의 일이다

한없이 미끄러지는 것들
지구본은 시끄럽게 회전한다

천지사방 혼자뿐이고
기댈 곳 하나 없다

살 속에 가시 박힌 그 바람들
약도 없는 번뇌들이 우당탕탕 소리 내어 울고 있다

단풍잎

초록비단 다 벗겨져
물결소리 하나 없는 너
길거리 방황한다

눈두덩 움푹 파인 죽은 눈빛 덧칠하고
혀 속에 백태를 감춘 화석 같은 입술에 선홍빛 립스틱 바르고
눈동자 풀린 luser루저
관자놀이가 저려온다

붉은 혀에
돋아나는 혓바늘
비로소 떨어지는 낡디낡은 뒤집힌 혓바닥들이
별들의 헐렁한 단추 여며주며 매일매일 낡아가는 너

꺾다가 놓아주고
놓아주었다 다시 꺾는
뼈마디마디 비명소리 낭자하다

불안하게 휘청휘청
서 있는 나무 밑으로

버둥대는 깡마른 발자국들이

밤낮으로 컹컹 짖는 시끄러운 소리에

두 귀가 쫑긋한 앞산 뒷산

녹슬은 뼈마디들도 금이 금을 부축하며 거름이 되고있다

탑

긴 호흡 말아 쥐고서
네 생각 내 생각 펼쳐본 마음 갈피
팽팽하게 당겨보는 최고 낮은 경계선에서
두 눈을 질끈 감고 두 무릎 다 꿇고
제단을 만들고 있다
하나 둘 셋
떫은 세상 안에서
물고 오른
내 가슴 양편에 박혀 있는
무거운 탑
무슨 말 할 것같이 아무 말 없이
아들 딸 손주 삼층으로 지고 업고 끙끙 거리고 있다

지는 달

첫새벽 태산泰山을 넘어가는 달
쉬지 않고 걸어온
달을 보았나

보여줄까 말까
차마 망설여
서럽게 온몸 떨던 하얀 입술을 보았나

높은 곳도 낮은 곳도 밀려들어
찔레꽃 뿌린 듯 하얀 살결 천지를 물들였다

저승으로 건너가는 마지막 길 같기도 한
이승으로 건너오는 첫 길 같기도 한
밝은 세상 눈 하나 밤새도록 외쳐대었다

빛은 다 내어주고
누구의 발밑에서 고독하게 속울음을 울고

어디로 가시려나
하얀 쟁반 하나

폭풍전야

벌거벗은 채 기울어가는 집이 있다
언덕에 얼마나 보잘 것 없는 세계들이 뭉그러지고 있는지
더 없이 말랑거리고 더 없이 얄팍한 것들
한순간에 허물어질 수 있다
그 속에 많은 벽이 있다
벽 안에서는 아직 바람소리도 물소리도 나지 않았다
벽은 점점 얇아졌다
바람의 발과 바람의 입, 구름의 발 구름의 입 물의 발과 물의 입들이
끝없이 땅의 밑바닥을 파들어가고 있다
방 안에서는 광고만 지나가고 본 영화는 나오지 않았다
시간이 자랄수록 벽은 야위어 간다
한 가닥 두 가닥 수염을 뽑을 만큼 모두 진지해져 있다

세상에 빈 껍질 사라지고 허공에 구름알들이 자랄수록 물방울이 굵어졌다
말랑한 구름이 솜털 막을 뚫고
강철 같은 가시로 구름을 허물고 문을 열 것이다
무시무시한 침묵이 허공에 구석진 자리까지 모두 채워질 때
알밤처럼 물방울은 완성될 것이다

죽음의 씨앗을 가진 바람이 통통거리며 바다를 파고 흙을 판다
질기고 질긴 벽을 만든 섬도 질기고 질긴 벽을 만든 나뭇가지들도 삽시에 흔들리는 소리가 난다 부러지는 소리가 난다
덜컹덜컹 뜨거워진 참 잘 익은 살들 잘 익은 삶들
눈을 찌푸릴수록 더 선명해지는 세계들

배고픈 고래 떼들이 바다에 무수한 물고기를 잡아먹으면
낮빛 하얀 바다 울음소리가 여기저기서 난무한다
비바람에 눈빛이 살아난 고래들이 숨을 고를 때 잠시 바다는 조용해질 것이다
행복은 부드럽게 돋아난 여린 풀 같은 안도이거나
코를 훌쩍거리며 눈물의 어원을 찾는 일이다
날치 떼 죽어라 도망가고 프랑스 댄서들 같이 똑똑 툭탁툭탁 새까만 하이힐 찍는 소리
요란해진다

김만덕 할머니의 우체통

벌거벗은 채 기울어 가는 낡은 집 한 채
기침하는 산 83-1번지

이끼 낀 나무대문에 포스트잇처럼 붙어 있는 우체통에 의문의 우편물들이 쥐며느리들 같이 기어들어 가고 기어 나오고 있다.

편지를 구부정한 손 갈퀴로 긁어모아 갈라신 목소리로 다급하게 집배원을 부르는 김만덕 할머니는 무성한 풀숲 가운데 찌그러진 나무대문 앞에서 밤 내내 흩날린 바람의 상념이 노랗게 물든 편지 몇 장 손에 들고 늦은 오후까지 나무의자에 앉아 나를 기다리고 있다. 다행히 의자는 반듯하고 의젓하다.

"배달부 양반 편지 좀 넣지 마소. 글도 모르는데."

구부정한 허리를 펴며 나를 뚫을 듯이 보고 있다.

김만덕 할머니의 내면에서 소화되지 못한 우산 없이 소나기를 만난 우편물들이 나를 향해 왈칵 쏟아진다.

광고우편, 초대장, 딸의 자동차 위반 고지서, 아들의 대부업체 최고장 등등

삐걱거리고 구겨진 그 문장들은 그녀의 머릿속 검은 자국이 되어
박박 걸레로 문지를수록 더욱 까매진다.

집 떠난 자식이

출가한 딸이

때 묻은 작은 우체통 안에 들어가 쥐며느리 같이 발발거리며 숨어서 살고 있다.

그녀는 구시렁구시렁거리면서도 동네 사람 창피해서 아무에게도 말 한마디 못하고 매달 노령 연금 받은 돈으로 고지서들을 들고 나와 나에게 부탁을 한다.

바람에게도 어두운 그림자를 남기며 집안으로 들어가는 김만덕 할머니 얼굴 반쪽에 봄 햇살이 달라붙어 빛을 반짝 반사한다.

나는 이 새 봄이 어느 겨울보다도 더 추워진다.

"우체통에 제발 편지 좀 넣지 마소"라는 할머니의 매운 비명이 풀풀 풍기는 늦은 오후 회오리바람이 내 머리카락을 흩날리고 있다.

그녀의 속주머니에 깊이 감춘 편지들

깨진 얼굴들

우체통을 매단 그녀의 집은 뒤 돌아보면 매일 빈집 같다.

구름의 변신

분홍 솜사탕, 코끼리구름, 흰줄무늬 낙타구름, 검은 철탑 모양 십자가 기린구름은 온 다리에 꼭 끼는 장화 때문에 늘 머리채를 잡고 울고 다닌다. 물을 화장化粧해서 승천한 몸들이 은밀히 자라나 등으로 누워서 하늘을 만진다. 화염을 견디어 내면 입안에 송곳니가 점점 자라고 있는 것을 느낀다 뽀글뽀글 들쑥날쑥 마술처럼 펑 펑펑 온 하늘을 더 많이 더 높이 예쁘게 날아다니려면 그들의 밑그림이 된 신발은 무조건 치장을 해야 한다. 그러다 허공을 네 발로 사뿐히 밟고 낭창낭창 휘어지다가 맹수보다 더 맹수처럼 사나워져 간다. 본능은 의지보다 늘 앞서니까 입덧하기 좋은 살구가 익어가는 7월 잠시 순하게 정적하다. 그 마음을 들키면 카멜레온 같이 우주적인 변신을 한다.

코끼리 낙타 기린의 등을 노리며 잘못 길들여져 탈선을 일삼는 바람의 모의는 칼을 휘두르고 화살을 쏘고 회오리바람으로 긴 사자후를 하며 잠자든 맹수가 눈을 뜨더니 득달같이 달려온다. 가장 위험한 것들은 가장 불안해 하기도 한다. 무릎을 꿇는 나날로 청춘을 보낸 구름은 눈에 경련이 와도 오체투지五體投地 한다. 하지만 허공엔 바닥이 있는 것도 아니다. 이방의 밑바닥에 살다보면 언덕에 누워 설탕을 코에 바르며 과자를 먹고 꽃구름에 대해 생각할 여유가 없다. 남에게 말 못할 사랑이나 비밀쯤은

하찮고 심심찮은 것들에 대한 이야기일 뿐이다. 구름 피자 구름 토스트 구름 오렌지 하고 발음하면 입안에 바늘이 돋아난다. 누구의 몸에나 건강한 학대가 필요하다. 지금부터 대화는 온 하늘에 구름으로 그물을 치는 일일 것이다, 구름을 더듬으며 걷지만 구름은 확장되어 구름이 아니다. 하늘이 하늘에 저문다 구름이 구름에 저문다. 세상의 모의가 이렇게 먹고 먹히는 말이 되고 일이 되고 그 먹고 먹히는 말조차도 일조차도 구름에 저문다. 먹는 것, 먹히는 것만 생각하면 세상에 먹을 것이 참 많다. 이때부터 뚱뚱해지는 건 시간 문제다. 구름이 조금만 더 커지면 코끼리도 낙타도 기린도 아닌지 벌써 오래되었다. 물고기들이 수초 밭으로 들어가 잠을 잔다든지, 돌에 앉아서 명상을 즐긴다든지 하는 일은 할 수 없다. 분홍 솜사탕 코끼리도 흰줄무늬 낙타도 검은 철탑 십자가 기린도 진창이 된 허공 길에서 단단하고 매끈한 결을 내주고 스스로 배회하다 지쳐버리고 온몸에 칼날에 찔리는 꿈을 자주 꾼다. 은인을 찔러 죽인 무서운 전갈 이야기도 들린다 마냥 쓰러져 숨을 몰아쉬다가 죽어버린다.

이제 우리는 칼날에 찔리는 꿈은 옛날 이야기가 되었다. 안과 밖을 끊임없이 관통하며 천지를 뒤흔드는 천둥소리에 팡팡 터지고 팡팡 찢어져 온몸에 구멍이 나기 시작 한다. 상처 난 것들, 구멍 난 것들 집요하게 핥는 혀는 또 누구인가, 또 무엇인가? 우리의 뼈도 없는 물렁한 몸을 훑고 지나갈 때마다 우리는 뼈도 근육도 살도 없는 비명을 지른다. 자꾸만 몸이 아래로 아래로 쏟아진다. 우리의 이름이 어디에 무엇으로 박음질 되고 있을까.

해가 저문다, 나무가 저문다, 집이 저문다, 내가 저문다.

비가 온다. 세상이 부활을 한다.

어린 시절 뒷동산에서 본 하늘에 떠가는 구름은 내 마음 코끼리 낙타 기린도 내 마음, 나의 한편 추억이고 눈물이다.

아무것도 없어야 청명한 하늘 사이사이로 내 웃음이 내 눈물이 나부낀다 흐느낀다. 분홍 솜사탕 코끼리구름, 흰줄무늬 낙타 구름, 검은 철탑 모양 십자가 기린구름 모두 멋진 내 옛 이름이다.

이제부터 세상을 티 없이 깨끗하게 적셔줄 세상에 꼭 필요한 빗물이 되고 싶다.

부활을 돕기 위해 죄단에 성스러운 손을 내미는 이는 누구이고, 심판을 하는 이는 또 누구인가?

눈에 보이지 않은 부드러운 힘이 숨 막히는 나에게 손을 내민다. 내가 사라지고도 내 곁을 지키고 성내는 일조차 모르는 사과나무를 키운다.

오체투지 : 불교식 절하는 법 중 하나. 온몸을 땅바닥에 엎드려 절한다.

달의 시

저 달은 어쩌다 몸담을 방 한 칸 없이

제 몸을 제 안에다 품고 밤길을 간다

강물에 몸을 밀어 넣고

숨어서 운다

그 울음소리에

밤길은 환해진다

달은 절창이 된 문장으로

밤마다 시를 쓰고 있다

바람결에 붉은 빛을 훅 뿌린다.

뜨는 해

하늘 속 외눈을 본다
오각형일까? 육각형일까?
꽃들은 발작처럼 찾아온다
해는 서로의 깨진 얼굴을 주무르고 하늘에서 땅의 밑바닥 깊이까지
뻘겋게 깨진 표정을 기억해 수장하고 새들의 방식으로 고개를 올리거나 날개를 펼친다
얼마나 많은 어둠을 정독해
수만 년 동안 우주를 밝혔나

새들은 새의 방식으로 말하고
이슬은 동그란 그리움의 방식으로 풀잎을 세울 테지

함부로 영혼을 훔친 너는 모든 생의 장경場景을 관망하고 반짝이며 살아왔다
그 눈이 몸에 등불이다
아득히 높은 하늘이 인용된 삶
구름과 전쟁을 하며 전 생이 투명했다
하늘 높은 줄 모르고 마구 찌르는 마르고 거친 빌딩 숲에서는 온몸을 던져 넣을 수 없기도 했다 그리고 피하지 않아도 피해야

하는 세상에 벽들은 도처에 우굴우굴 했다

하늘과 땅으로 번지는 너의 새하얀 날개들

겨울의 싸늘한 바람을 자르고

붉고 하얀 날개로 금을 긋고

목화꽃 떠지듯 잇몸까지 명랑한 웃음소리 사방에 아롱졌을 때

새들은 몰려오고 김이 서려 코를 훌쩍거려도 나무 속에 숨은 수많은 잎을 꺼내 악수를 청하기도 했다

몸이 타오르면 빛이 일어 그 따뜻한 몸 담금질해 그 온기 온몸으로 휘감아 우주 속으로 들어가 신이 되었다

우리도 너를 따라 신이 되어가고 있다 따뜻한 계시에 중독되어가고 있다

언제나 곁에 있어 널 떠나보낸 후

슴슴한 온기

어둡고 축축한 밤에야 사랑인 줄 알았다

날개 없는 새

이쪽과 저쪽으로 기우는 물음들이 하루에도 몇 백 번
어디로 갈까, 흰 머리카락 알지 못하는 바람에 흔들립니다
이제 나를 버릴까
아니지 주사기 꽂힌 멍든 팔목 들었다 놓았다 반복합니다
숨어버린 핏줄 돌아오길 바랬습니다
꽃이 지고 있습니다
생의 계절이 겨울로 향하고 있습니다.
허리를 구부려 주사기를 다시 뽑아버리고 있습니다

낙엽은 천사
온몸을 내어 주고 뚝뚝 떨어져 내리는 날개 없는 새
우주의 계절이 겨울로 향하는
보이지 않는 곳에서 뒷모습이 쓸쓸해지는
늦은 가을은 고독합니다

누가 나를 버리는지
내가 나를 버리는지
조바심에 손톱을 손톱으로 뜯고 있으면서도
손톱이 보이지 않습니다

내가 앉아 있는 게 세상에서 가장 편한 자세라면
나의 캄캄한 배후는 어디로 사라질까
내 발밑에서 알지 못하는 폭풍은 울어
어두운 그림자가 몸 밖으로 빠져나와 잠시 병원이 흔들립니다
우울한 날 사람들은 허리를 펴고 따끈따끈하게 웃고 있습니다

썩지 않는 푸른색 흘러나오는 숲은 한 방울 두 방울 붉은 눈물을 흘려보내며
속을 다 버리고 살기 위한 끈질긴 발버둥을 칩니다
절제된 슬픔이 뭔지 보여주며
낭떠러지로 땅바닥으로 곤두박질쳐 구르고 구릅니다
아무리 코를 훌쩍거리고 울어도 눈물이 없습니다

저기 멀리 바라보고 있는 초점이 없어도 그리운 시선
어디에 있겠지만 어디에 있는지 알 수 없는
마지막 눈빛이 앞을 모르는 낙엽을 따라 바람에 굴러가고 있습니다
아무리 울어도 눈에는 눈물이 없습니다
창밖엔 메마른 이파리가 사방에 켜켜이 쌓여갑니다

돌사람

헝클어진 머리카락 일매지게 깎고
허한 눈빛 돌사람
뒤를 돌아보면
한 사람 더 적막히 앉아있다
때 절은 시간의 긴 주름 층층이 쌓아둔 채

감악사지 돌사람
1000년 전 모두그대로
그 유물 되작인다

생生 노老 병病 사死
퍼렇게 살아 있는 적막한 얼굴에
눈을 감아 눈이 더 궁금해지는 돌사람

긴 세월
뻐째로 앉아 있어도
네모난 얼굴 가는 입술 굳게 닫고
단아한 몸매로 아직도 가부좌를 틀고 앉아있다

크고 작은 비바람 가만가만 맞으며
비몽사몽 얼얼한 생을 곱씹으며
미세먼지 가득한 스마트 시대에도 열반에 들어 산다

4

배롱나무 밑에서

나는 박쥐다

잘못 꾼 꿈이 지워지지 않네. 쮸릿, 쮸릿, 머릿속을 지우개로 박박 지우고 싶네.

이 몸 누울 곳 어디에, 무른 날개를 활짝 펼치네. 어둠이 마구 내리네.

발등을 내쳤던 신음과 함께 구슬을 굴리듯 둥근 호흡을 거칠게 하며 수많은 거리를 날아다니네, 깊은 산속까지

얼마나 많은 시간들이 뭉그러진 산속에

마을보다 먼저 뿌리 내렸을 동굴이 하나 있었네.

굴의 내장은 누가 채굴해 갔을까? 소독되지 않은 동굴 천장을 훑어 오르기 위해 어둠 속에 그림자를 흔들고 거꾸로 매달렸어 여긴 당연히 아무도 알 수 없지. 어둠이 득실거리고 비린 냄새가 역한 곳이니까.

새가 사는 곳도 짐승이 사는 곳도 아니니까.

나는 나를 모르는 꿈을 아직도 꾸고 있네.

내가 새인지 짐승인지

나는 아무도 납득할 만한 이유도 모른 채 시간이 자랄수록 넓은 날개를 가지게 되었어.

나는 지나가는 새털구름일까.

토끼 기린 강아지 얼룩소 엄마 아빠 할머니 할아버지

모두 예쁜 이름들을 갖고 살잖니.

나는 뭐니? 나사 끼우고 돌리는 집 한 채 갖지 못해 숨어 들어가고 숨어 나오며, 뒷모습도 앞모습 같은 그 존재감마저 미미한 짐승, 어쩌다 다급해지면 절벽보다 더 무서운 허공으로 날아오르다 추락하고 추락하다 날아오른다네.

날개를 가지고 허공을 날아다니는 짐승이 나 말고 세상에 또 몇 종이나 더 있을까.

긴 동굴 속으로 들어간 나는 불안과 초조가 다 가신 뒤 하나하나 머릿속 잡념을 따내며 이런 저런 상상들을 한다네. 어두울수록 깊은 동굴의 공복은 나를 긴 숙면에 들게 해.

몸의 어디쯤이 꼬리인지 입인지 알 수 없는 앞뒤
툭 건드리기만 해도 감당할 수 없어지는 얇디얇은 몸뚱어리
나도 다른 형상으로 변해 예쁜 몸과 예쁜 이름을 갖고 싶어.

수북이 쌓여가는 가난과 축축한 어둠이 생의 조미료들이겠지. 세상에 배고프지 않고 어둡지 않은 영혼이 어디 있겠어. 검은 듯 붉은 듯 새인 듯 짐승인 듯 행복인 듯 불행인 듯

맨살의 실금들이 아무리 얽히고설켜도 멈출 수 없는 나의 붉은 심장, 집도 없이 살아가는 못난 나는 늘 거꾸로 앉아 거꾸로 말해.

신발

나는 계급이 없습니다.
세상에서 가장 좁은 두 개의 동굴을 거느린 방이며
물의 속도로 길을 걷는 고행자입니다.
주인이 화가 나 나를 훅 집어 던져버리면 땅에 툭하고 떨어져도 뒤집히지 않으려는
낯빛 검은 신짝입니다.
발에 닳은 밑바닥은 굳이 보여줄 필요가 없습니다.
그러다 두 다리가 정신없이 걸을 때, 가끔 내 코는 돌에도 나무에도 부딪힙니다.
그때마다 항상 신음소리를 내는 건 나를 뽀독뽀독 짓밟고 다니는 주인입니다.
구름과 바람과 별을 담은 나의 방은 항상 안전합니다.
가파른 계단이나 어긋난 교차로 지리멸렬한 지하도 풍경까지
주인이 길을 이끄는 대로만 길을 갑니다.
매일 기울기가 삐딱한 그를 아무리 친절하게 모시고 다녀도
정중한 인사 한마디 듣지 못하고 온몸이 아리도록 짓밟히며 살아갑니다.
한 사람의 검은 구린내와 어두운 폐허를 매우는 나는 지구의 나침반입니다.
멈춰라.
발을 떠나라.
캄캄한 내 안에서 불만은 하루에도 몇 백번 시작 되지만

조급해진 가방과 하얀 종아리 살빛
후다닥 발목 깊이 쌓이는 그의 생을 위해
고행을 견디며 습관인지도 모를 푸른 하늘을 펄럭이며
세상의 길을 따라갑니다.
내 반반한 얼굴에 황혼이 배어 녹아내리면
나도 모르는 사이 집을 아는 것처럼 집에 매일 돌아옵니다.
이제서야 걸으면 흔들리던 몸과 마음을 다 비워냅니다.

아산병원 105호실

늦은 가을
낡은 슬레이트 지붕에 잎 마른 호박 하나
병실 침상에 누워 있는 그녀
양말까지 신고 노르스름한 병색이다
돌아눕다가 그만 죽을 쏟았나 수작 피우려 해도 엉겨 붙지 못하는 밥알들
밥에도 뼈가 있나 이리저리 굴러다닌다
박쥐는 동굴 천정에 껌처럼 붙어 있다
허리를 접어야 몸을 눕히는 그녀 침상바닥에 껌처럼 붙어있다
푸른 몸살을 떨다 허옇게 메말라버린 호박잎
낡은 슬레이트 지붕 골골이 달빛을 마디마디 엮어
하늘 높이 춤추던 잎 잎
경쾌한 악보들이 놓쳐버린 가물가물한 서사
애당초 체위를 바꾸며 절벽을 오르지 말걸
어쩐지 우리의 발길은 위로 위로만 향해 멀미를 앓았지
동전 몇 개 자라줌치에 넣은 옆구리
줄기 마른 그녀 얼굴이
동굴 벽에 박쥐처럼 너울거린다
아직 놓아버리지 못한 수액 링거줄
꼭 쥐고 있는 줄 끊어질 듯한 호박 하나

여인이라는 이름만으로도 세상에 꽃이었던 그녀
하늘 땅 구름 별 구별하고 장마 낌새 알아채고
바람 따라 떠돌다 들뜬 채로 출렁이며 또 숨죽이던
길 밖의 소리와 문자들의 화끈거리는 그림자가
가을 잎새 망가진 호박덩굴에 길이 막혀서 바로 눕지도 못하고
등을 구부리고 모로 누워 있다
잎사귀인지 휴지조각인지 하나 둘 허물어져 가는
바늘귀 떨어진 이불을 덮고 죽음만 보고 누워 있다
슬레이트 지붕에 호박 하나 언제 툭 땅에 떨어질지…

동백꽃

흰 눈 헤집고 돋아나는 꽃
동백꽃 피어나는 소리 들린다
그 길 따라 걸으면 바다가 팽창한다

바람이
엉겁결에 꽃잎에 앉으려다
불에 대인 듯 화들짝 놀라
푸득푸득 바다에 뛰어내린다

아, 그 불길
내 몸에 확 옮겨 붙으면
아픔도 닦아내는 붉은 세상 보일까

꼭꼭 닫힌 섬
절벽 난간에 기대어 서서
하얀 눈 몇 바가지 뒤집어쓰고
진실한 사랑 소리 없이 활활 타오른다

상처만큼 할 말이 많은
그 꽃잎 지는 날

파도를 등에 지고 바다를 더듬는다

우리는 결코 가질 수 없는
붉은 꽃잎들이
꽁꽁 언 세상을 녹이고 있다

청춘

자취생의 하루는 열량이 몇 그램일까
곧추세운 두 다리에 둥글게 전율하며
평평하게 감겨 오는 내 안에 파란 하늘

속을 텅텅 다 비워도 마르지 않는 대파
둥근 머리 밖으로 내 던지듯이 피는 하얀 꽃
십자 좌표는 오락가락 노랑 냄새 오락가락

하얀 도화지에 가득 고이는
빨강 파랑 노랑 자주 색연필로 막 긋는
부푸는 꽃동산

세상은 한 치의 오차도 용납하지 않는 눈금자
갈수록 헐거워진 못들처럼 설레고 헤매고
온몸에 설겅설겅 익어가는 풋풋한 향기 허공에 메아리친다

자취

오르지 말아야 할 언덕에 사과나무가 서 있다
한창 공부할 나이다
성찬의 시간
책상 위에 우유통이 찌그러져 있다
물기 마른 싱크대 종소리 나는 밥솥
몸 부딪쳐 해야 할 일이 너무 많아 아무것도 못하는
푹 찌그러진 나태한 자유
한 평 남짓한 방에 벗어둔 옷가지와 양발 몇 켤레
매일매일 끊임없는 신경전이다
머릿속이 새 떼들 같이 파닥거리며 시끄럽다
몸 따로 마음 따로
태양의 온기로 내 안에 잠든 힘을 끌어내어
주방에 수도꼭지를 힘껏 열어본다
강 건너 급물살 헤치며 달려온 계곡물이
소리 높여 목청껏 울고
책상 위에 볼록한 책 그림자가 몽당 연필 참방거리며
내 가슴을 꾹 밟고 있다

서명

그녀가 오후 한 시에 두 번 손을 몇었다가 쿵쿵 종이를 들이 내밀며 서명을 받으려 합니다.

이 얇은 종이 문을 열고 나가지 말라는 의사선생님

여덟 쪽 마늘을 까던 그녀

상현달을 눈 등에 오려 붙인 그녀

매운 그녀의 두 눈이 나에게 분비며 다가옵니다.

나는 자꾸 오그라들고 그녀가 잡은 종이는 자꾸 두꺼워집니다. 내 손가락 다섯 개에 맺히는 땀방울이 갈라진 손금으로 번집니다.

습한 날씨마다 마늘을 까던 은빛 여우꼬리 흔드는 소리 매우 어질어질합니다.

이 차고 매운 바람에 어지간히 길들여진 나이지만, 쉬 눈은 감겨 버리고 눈꺼풀을 아무리 열어보려 해도 열리지 않습니다.

촘촘하고 웅크려진 글자들을 불쑥 내미는 간호사의 가느다란 손이 주름진 그녀의 손에 포개집니다.

손에게 손을 내어주면 우리의 아름다운 기도는 완성될까.

이쪽도 저쪽도 답이 없는 물음들

하지만, 이 팽팽한 냉기는 어디서 온 것일까.

작은 여백에 수술을 서명한 글자가 벌떡 일어서서 우리를 멀리 떠나버리면 어떻게 합니까?

바람에 몸을 맡긴 이 가여운 행보들

화요일 오후 한 시에 병원 침상을 더듬으며 마냥 누워있습니다. 나는 나를 견디고, 그녀는 그녀를 견디고 있습니다. 악몽을 꾼다는 건 벽에서 떨어지는 액자처럼 불안한 일, 깨질 수 있는데 깨지지 않는다는 것은 침상에서 조용히 눈을 뜨고 벌떡 일어서는 일 이것은 눈꺼풀이 하는 일이지요.

기쁨과 안도가 멀리 끌려가고 있습니다.

곧 칠월이 오면 먹을 것이 많이 생길 것입니다. 작은 꽃의 이쪽과 저쪽을 누비는 나비는 되지 못하고 주사기 꽂힌 멍든 꽃을 누비다 여전히 침대 한켠에서 시소 소리만 어지럽습니다.

하지만 보호자 침상에 누워있는 그녀가 꿈을 꾸는지 입을 오물거리며 빙그레 웃고 있습니다.

우리는 잃어갑니다.

우리는 기도합니다.

앓았고 아팠고 울었고 두 손을 붙잡고 있습니다.

이불을 덮어도 밝아오는 아침을 그녀는 서명합니다.

더 먼 내 변두리의 울음까지 잘라내는 칼질은 뱀 꼬리가 찰랑거리는 계사 날 금요일에 합니다.

외복

내 밖에 내가 있고
내 속에 내가 있다

도시의 불빛 속에 물들어갈수록 일정하게 체온을 유지하려는 떨림은 시작되고
너의 사랑으로 일정한 온도와 습도는 유지된다
타악기 같은 외투에는 내 안의 울음소리를 차단해 버리는 두껍고 야무진 단추가 있다
단추는 내 속에서 차오르는 떨림을 감추는 미학이다
우리는 뚜껑을 따지 않으려고 걸핏하면 내 몸에 족쇄를 채운다
우리는 사막과 같은 갈증에 목이 마른다
한때도 내 몸이었던 적 없는 몸이면서
균형을 잡아 안간힘을 쓸 때는 내 몸이 쉽게 되기도 한다
목 아래로 단추 구멍을 맞추면서 나를 떠나지 않는다는 다짐과 함께
혹은 붉게 혹은 푸르게 혹은 검게 혹은 희게 생의 풍경을 만들어낸다
허공을 마다하는 새의 날갯짓
멀리서 바라보면 잿빛 두루미 같은 우리들
살짝 세상의 소음을 달래주는 창호지 같은 단아한 얼굴로

가족이 되기도 한다

내 몸에 문을 닫으며 고요해지고 잡음으로 비싼 옷값에 대한 이야기가 남지만

신발 뒤꿈치 같은 어둠의 기다란 시간을 펄럭이며 고민할 때는

염분 들어난 무거운 바짓가랑이만 야금야금 파먹어 들어가기도 한다

흙먼지 투성이의 죽은 오아시스들

몸 안에 안개를 여미고 내 고통을 끌어안고 길 위에서 벌어지는 사랑을 너울거리며 햇빛에 슬슬 빗질한다

내 안에 나를 안고

내 밖에 나를 안고

몸 안에 용광로도 몸 밖에 사하라도 한 폭의 여백으로 한 벌의 옷으로 순장시킬 수 있다

여태 아무도 내 작은 단추 구멍 열지 못했으므로 의상만 진진한 나는 밤마다 내 안방 옷장에 일렬로 늘어서서 잠을 자기고 하고 묵언을 하기도 한다

나비에 관한 추억

나비 꿈을 꾸고 엄마는 날아갔어.

꿈은 아주 깜깜했어.

엄마가 치마폭에 날 쓸어 담다가 커다란 왕모기 떼에게 물어뜯겼어, 그때 핏방울 묻어났었어. 날개 끝에 고인 핏방울 몇 점 방문 밖으로 날아갔어.

나비 날개는 오물 투성이었어.

꿈은 아주 무서웠어. 툇마루에 나 혼자 누워 있고 주위엔 아무도 없었어. 툇마루만 나를 지키고 있었을 뿐.

하늘 끝 툇마루는 꽁꽁 묶여 있었어. 마루는 숨 쉬는 사람들이 있기 마련이지.

발밑에서는 서서히 뿌리가 뻗어 나와 나를 보호하기 시작했지. 나는 나비가 되어 두 날개를 펼칠 꿈을 꾸었어.

나는 나비의 골반을 통과한 나비가 되었어.

초음파상 골반은 나비 같았고
그녀의 골반 뼈에 종양이 생겼을 때 나비 날개는 꺾어졌어.
그녀의 엉덩이 살 안에 나비가 숨어 살고 있었어.
언제라도 날아다닐 수 있었던 나비는
잘못 꾼 꿈을 지울 수 없었어. 아니 지워지지 않았어.
우리는 모두 마음이 시끄러웠지.

우리 집에는 검은 구름이 보글보글 생겨나고 빗방울이 펑펑 쏟아졌어.

그녀가 힘겹게 좌판에 쪼그리고 있을 때 날품팔이 품앗이 할 때 그녀 속에 나비가 조금씩 앓고 있었어.

이 지상 마지막 날까지 날고 싶어 천지를 무대로 날아다녔지.

희미한 집이며 툇마루면 마당가에 나팔꽃이며 잠자리며 그 속에 나비. 날개를 너울너울 춤추곤 했었지.

그 후 꼼짝할 수 없는 나비는 날개에 구멍이 나고 말았어.

반성이 시작된 집에는 무덤 냄새가 나고 있었지.

아직도 30년 전 나비는 내 앞에서 아무도 보이지 않는 숲을 흔들며 길을 흔들며

내 가슴에 폴짝폴짝 날아다니고 있어.

직장 동료가 엄마 회사 직원이랑 밥 먹고 가 하면, 내 가슴은 더욱 쿵덕쿵덕 뛰었어.

달의 속도로 밤은 간다

무지개 품은 파다한 웃음소리 내던 낮이 어두워지고
새들은 눈을 잃고
날지 않는다

달의 속도로 우연하게 비행하는
구름 속에 붉은 공 하나 자전거를 타고 있다

나는 어두워졌고 벌써 인사를 세 번 버렸다
언제 왔어
또 한 번 더 버렸다

나는 이제부터 골목을 버리기로 했다
잠을 뒤집어쓰고 죽어가면서…

문 닫는 슈퍼마켓 유리 저편
진열대 과자는 지루한 먼지를 덮고 잠이 들었다

그러니 지금
달은 모서리 없는 밝은 빛을 싣고
자전거로 달릴 것이다

가라앉은 날개의 슬픔에 붙잡히지 않기 위해
모세와 아론과 아답과 아비후 그리고 하느님을 뵙듯이
저 높은 곳을 달릴 것이다

나는 꿈속을 걸으며 어머니의 손을 잡는다
하현과 그믐 빠져나가는 소리가 난다

구름은 눈물이 마를 날이 없는데
어머니 눈 같이

바퀴 없는 자전거는 아무도 붙들지 못한다
달의 속도로 밤은 간다
바람은 입속에 부는 희망
밤낮으로 바람은 분다

매일 나는 같은 길을 간다

배롱나무 밑에서

피멍처럼 시간을 쌓아두고
땡볕 더위에 꽃이 피었다
나무 그늘에도 뼈가 보인다
그늘에 셀 수 없는 구멍이 있다
그마저 진지하다
이따금 부는 바람에 나뭇가지를 비집고 하늘이 내려앉는다
마당 구석에 그리움이 있는 것일까
사람을 기다리니 조금씩 바람이 분다
바람은 우리의 희망

형이 배롱나무 그늘에 앉아 술을 마신다
배롱나무 가지 끝이 붉다
정작 술에 취한 건 배롱나무다
술 오른 그 나무 옷을 벗어 던지고 매끈한 맨살 다 드러낸다
수족이 다 핏발선 형 모근을 모아 꽃이 핀다
일과를 망친 새들은 둥지도 잊은 채 뛰어 놀고...
흙 마당에 뒤꿈치가 까인 아들이 촘촘한 꽃을 매만지며
"아빠 이게 무슨 꽃이야?"
"백일 동안 피는 꽃"
백일홍

단단한 것들은 꽃도 단단하다
생각도 탕탕 단단하다
보통으로 사는 건 보통일이 아니야
형이 빨갛게 웃는다
붉은 입술 사이로 드러난 이가 가지런하다
해는 우리의 미래!
해가 형 얼굴과 내 얼굴을 환하게 비춘다
우리는 환한 얼굴로 배롱나무 밑에 앉아
꽃 우산을 쓰고 시간 가는 줄 모른다
뿌리가 단단한 나무는 번뇌도 꽃이다
온통 꽃 거품이 홍건하다
햇빛을 과식한 꽃이 즐비한 배롱나무 밑에서
비로소 우리는 한 송이 두 송이 단단한 배롱나무꽃이 된다

은 소반 위에 화병과 빗소리

밤새도록 비가 온다
밤새 누구는 비를 맞고 누구는 제 입속에 말을 꺼내놓는다
방안 책꽂이 위에 놓여 있는 금이 간 화병에 물이 새어 나온다
창밖에는 소리소리 비가 오고 창 안에는 아무 소리 없이 비가 온다
빗물은 입술을 포개고 또 포개고 주렁주렁 말을 한다
화병에 물을 더 부어 봐도 물은 소리 없이 꽃과 천천히
흘러가는 듯 스며드는 듯 말을 한다

비가 몸 부비는 소리까지 내며 맑고 투명한 몸을 뒤집는다
방에서는 꽃이 피어
아무 일 없는 방안에서 꽃단장을 한다
우리는 알 수 없이 반복되는 물의 멀고 가까운 기억을 더듬으며
입가에 묻은 크림처럼 구름은 오고가고 기상청만 거짓인 듯 진실만을 말한다

흙에 심는 소리마다 씨앗과 알을 품은 것들은 하늘을 오른다
화초는 몸처럼 기르는 어머니를 보고 자라난다

밤새도록 비가 온다

책꽂이 위에 반복되는 입술 가셔도 탁자에 물이 번진다
비는 오래된 마음을 벗어 던진 듯 외로움을 완성한 듯
가장 낮은 곳으로 길을 가고 있다
무릎보다 낮은 물빛
우주는 뒷덜미까지 환하다

비둘기가 나는 소리 같고 고양이가 우는 소리 같고 개구리 우는 소리 같은
대단한 사건이 있는 듯 아무 사건도 없는 우리는 손발들까지 동원해 말을 한다

탁자 위에 고인 물은
화병에 꽃을 바라보느라 알아채지 못했다
한쪽 귀퉁이가 닳은 낡은 소반에 천천히 흐르는 물 발자취들이 여기저기 번져있다
나의 슬픈 듯 차가운 생각까지

꿈꾸는 박스

내 속에 박스가 있다
나를 보존하는 일은 간단해
흥분하지 않기
뒤틀리지 않기
엎지르지 않기

박스를 열지 말 것, 뚜껑을 따지 말 것, 시간도 계절도 알 수 없는 나는 사방이 꽉꽉 막힌 사람이 되었나. 박스는 캄캄해 그 속을 열어보고 싶을 때가 많지. 그리고 중얼거리는 모서리마다 빈틈이 있지. 불안한 혓바닥을 잘라 틈과 틈을 막으면 구멍과 구멍을 막으면 방이 될 수도 있고 눈에 보이지 않는 문이 될 수도 있지.

베란다가 망원경의 눈으로 바라볼 때 먼 숲의 나뭇가지마다 파란 낙서의 흔적은 하나도 없었지. 목련나무 가지들만 하얀 붕대를 풀고 있을 뿐 고양이가 지붕의 틈에서 글러브 같은 앞발을 들고 허공을 던지다 꾸벅꾸벅 조는 것을 볼 때도 있었지. 차가운 길바닥에서는 잠이 오지 않아서일까? 허공에 가만히 멈춰 있는 것은 허공뿐이다. 바닥이면서 바닥이 아닌 사방이 나를 꼭꼭 숨겨 놓은 이 어두운 고요와 어두운 고독 소리, 소문 들려올 틈 하나 없는 이놈의 세계가 뒤척거릴 때마다 내 속이 울컥울컥하지.

박스 안에 든 방울토마토를 꺼내고 싶을 때, 바람에 날릴 머리카락 하나 없는 귤을 꺼내고 싶을 때 그 속에서 얼굴이 작고 둥근 방울토마토나 귤이 내 애인이면 좋겠어. 우아하게 안아 주라고 손들고 있는 박스 속에 동그란 얼굴 얼굴들 소리 없는 소리 소리들.

박스 속에 내가 창문을 열고 배를 타고 사라졌다는 후일담이 점점 완성되고 있었지.

세상의 고독은 어디에서 오는가? 내 속에 보이지 않는 사각 박스들, 박스와 내가 슬피 울고 웃는다. 파르르 떨며 넘어가는 생로병사生老病死

성경, 불경, 도덕경, 학교, 마트, 골동품 상회…

문을 열어준 누군가를 따라 가면 숲이 울고 웃고 그 속에서 깔깔거리며 웃는 해가 사람의 치열같이 반짝이고 있었어 꽃은 꽃만을 헌신하고 살아가지.

나사 풀린 시신경의 흔들리는 신혼여행은 시작되었고 무쇠 신발에게 검은 눈동자를 심어준 크루즈선이 내 등을 출렁이고 있었지. 내가 배를 출렁이고 있었지. 충돌하지 않기 위해 전력으로 충돌하는 파도를 찢어지지 않는 박스 속에 듬뿍 담아 긴 여행을 하고 있었지.

얼굴 같은 토마토인지, 귤 같은 얼굴인지 밤낮으로 토마토를 만지고 먹으며 귤을 까먹으며 하늘과 땅 나뭇가지와 흙이 뿌려놓은 시애틀과 맥시코시티 과태말라에 우아하게 발을 내렸지 시애틀 시애틀하면 모두 흔들렸든 손발들, 박스들, 그리고 실밥 터지는 연인들의 웃음소리들. 박스 안에 센다호텔 안에 나조차 없는 느낌의 침실에서 달빛이 구멍 난 내 틈에서 뿌리를 내리고 있었지. 침실 옆 욕조 샤워기에서는 작은 올챙이 같은 물이 온몸에 꼬물꼬물 흘러들고 었었지. 선과 선 핏줄과 핏줄 속에 장차 태어날 아이를 위해 수술선 같은 테이프가 부풀어 오르고 있었지. 구멍 난 박스에서 흘러나온 우리는 우리의 심장으로 유전자를 보존하기 위해 흥분하지 않기, 뒤틀리지 않기, 엎지르지 않기 셈을 하며 구불구불 길을 가고 있지

내 안에 산

-아버지 제삿날에-

그 곳에 가지 않아도 내 안에 산 하나 있다
숲길을 흔들며 돌아오는 시간
발그레 선술 몇 잔 걸치고

헛간 벽에 매달린 무동력 나무 지게 하나
태양빛 가물가물 소실되고

흐릿한 산등선 아래
주름진 사투리 아련히 울러 퍼진다

물의 상상력과 파괴

김정희(문학평론가)

엄환섭의 시인의 시는 서정성을 띠고 있어 술술 읽히다가 종내는 어디론가 막다른 골목으로 데려간다. 무한대로 사력을 다해 전혀 자신이라고 규정지을 수 없는 혹은 우리들이라고 규정지을 수 없는 알 수 없는 그런 곳으로 끌고 간다.

그 순간 어? 이게 뭐지? 의문이 줄기차게 따라 다닌다. 우리의 삶과 시가 그러하듯 그의 집배원이라는 직업과 시는 필연적으로 얽혀있다. 편지를 배달하며 별별 희한한 일들을 겪듯 그의 시도 예상치 못한 아포리아로 독자를 이끈다. 그곳에서 세계의 비밀을 풀어 놓을 듯 말듯 호기심의 더듬이를 마구 꼬집어대는 것이다.

그 동안 5권의 시집이 나왔다. 전반의 시들이 물에 대한 상상력의 전개라면 중반으로 갈수록 포스트모던

양상을 띤다. 전체적으로 시는 바슐라르가 추구하는 물의 상상력에 기반을 두고 있는 듯하다. 시인의 물에 대한 상상력은 계속 연동되면서 회귀와 파괴의 시점을 중복하며 나아간다. 형식에 있어서 물의 상상력은 해체적 서사성을 띠며, 율격(리듬)과의 상관성을 드러낸다. 반복된 리듬의 "쮸릿 쮸릿"(「나는 박쥐다」)이라든가 해체적 반어의 쓰임의 "창문이 없어 창문뿐인 창이 무수히 열리고 닫힌다"(「에베레스트의 새」) 등장이 있다. 리듬을 반복적으로 구동하면서 긴 호흡을 잡다가 점차 서사적 리듬을 빠르게 펌프질한다. 이 형태를 잘 보여주는 시로 「구름의 설사 바람 노래」, 「당산나무」, 「개미들이 이사를 하는 까닭은」이 있다.

그렇다면 기존의 서정성을 가지는 물의 상상력과 포스트모던의 해체성은 어떻게 연관성을 가지는가? 일종의 대립각을 이루면서 의미를 무화시킨다. 의미의 무화는 물과는 성격이 반대이지만 물을 배제할 수 없는 구조이다. 곧 혼돈이다. 혼돈은 반드시 물의 성격을 가진다고 말할 수 없어도 물기를 배제할 수 없는 구조이다. 결국 이러한 혼돈의 구조는 만연체의 특성으로 나타난다. 이 과정에서 시인의 언어에 대한 깊은 고민을 읽을 수 있다. 이들 시들은 밀어붙이는 데까지 나가다 보니 독자로서는 제목과 너무 멀리 떨어져 있어 읽다가 다시 제목을 찾는 경우도 번번이 일어난다. 이러한 형태의 아슬아슬한 구와 구의 해체(반어), 기존의 서정적 논리성과는 거리가 먼 언어의 해체성(의미보다는 느낌으로 읽어야 하는)은 기존의 시적 의미를 탈피하게 하며 이는 섬뜩하리만큼 새로운 언어 감각으로 읽히게

한다.

이번 6집의 형식은 해체를 넘어 다시 초반의 양상으로 회귀하는 시점을 보이면서 신서정의 느낌을 보여준다. 각 시편들의 간극이 매우 크다. 시인은 낭떠러지 끝에서 한 발자국 내미는 도발을 끝내 감행한다. 허공중에 뜬 시인의 발끝을 상상하면서 물의 상상력 가운데로 들어가 보자.

집이 띄엄띄엄 모여 있는 조그만 산골마을 한편에 조용한 빈 공간이 나타난다 먼지가 수북이 쌓여있는 학교, 불이 들어오 지 않는 침침한 복도 어떤 말이든 긴 고요에 묻혀 버리는
저 창문틀이 다 닳도록 열고 닫았던 적이 있었다

찍찍 쥐 울음소리 나는 나무걸상에 앉아서
누군가와 대화를 나누던 시절

옷 속으로 바람이 들어왔고
몇 년 입은 고무줄 삭은 품 헐렁한 바지
속옷 없이 겉옷만 달랑 입던 그 시절

…중략…

메르세데스 벤츠 뒷 자석에 앉아 아파트 부지를 생각하며
움푹움푹한 긴 운동장을 천천히 돌아나온다
-「나무 걸상」 부문

어린 시절 회고 시점으로 돌아가 있는 이 시점은 습기가 중심에 있다. 그 시절을 되돌릴 수 없는 빈 공간은

습기를 잃었다. 학교 안은 곳곳에 먼지가 수북이 쌓여 있다. 사람이 살지 않는 건물은 이내 먼지 투성이가 되고 황량하기 이를 데 없는 메마른 공간이 된다.

쥐 같은 집짐승이 있었고 불안이 있었다. 나무 걸상은 현대의 세련된 의자가 아니다. 그야말로 걸상이라고 부르던 대충 못으로 얽어놓은 시절의 불안을 상징한다. 그때 나는 헐렁한 바지처럼 헐렁한 걸상에 앉아 언제 부서질지 모를 걸상 같았다. 눈을 찌뿌릴수록 그 시절은 더욱 선명해진다. 시멘트 먼지가 풀풀 날리던 시절, 헐벗었던 개발의 바람이었다. 부모들은 자녀들을 살뜰히 살필 여력을 갖지 못했다. 어느새 시적 화자는 그 시절에 완전히 동화되었다. 아니 빙의되었다. 그때의 냄새는 고무 냄새와도 같이 아직 진하게 배여 있다. 오직 나만이 그 냄새를 코끝에 찡하게 휘돈다. 회상하면 어느 순간 다시 눈가에 맺히는 온몸의 오르는 습기는 사라지지 않고 가끔씩 나를 내려다 본다. 습기의 기원은 언제나 나를 조정한다. 현실이 각박할수록 데려가는 큰 강 같은 것이다.

습기는 서정성을 가지지만 해체적 서사성을 배제할 수 없다. 이 시에서도 1연을 선두로 간단한 시적 정황을 보여주면서 현실과의 상관속에 서사의 재구성으로 이어진다. 회상하는 2~3연을 이어 4연에서 무화되면서 5연에서 현실의 서사가 덧붙여진다. 그리고 5연에서 회상 후의 회고 시점을 지난 나의 상태를 관조적으로 바라보고 있는 서사이다. 7연은 과거의 내가 사라지고도 남는 서사의 거대성이며 8연에서 반성적 현실을 투영하고 있다.

이 시는 충분한 회고와 함께 각 연의 종음의 유음으로

인해 물의 상상력은 통일성을 획득하며 7연에서 물은 나를 통과한다. 나아가 메마른 현실에서도 그 물은 반성의 시점으로 시적 자아 스스로를 돌아보게 한다. 어쩌면 물은 비워질수록 더 채우고 싶은 욕망처럼 메마를수록 더 간절하고 꽉 차오르고도 도달하지 못할 영원의 수심으로 차오르게 될 것이다. 메비우스 띠처럼.

강도 물이 빠지면 한 번 더 살고 싶다
바닥은 끝이라는데
끝이 아닌 것은 무엇일까
다 마른 강을 하나 건너왔는데
물이 없다고 강이 죽어 있는 것은 아니었다
누군가 먹다 버린 사람들의 검은 유령들이
여기저기서 신음소리를 내고 있었다
빈통 과자봉지 사과 반쪽 토마토
죽은 물고기들까지
눈알이 쓰라린데 위장은 자꾸 작아지고
아무에게도 편안한 안부를 고르지 못하는 나
눈꺼풀이 자꾸 커진다 아니 자꾸 작아진다
강 안쪽으로 아무리 들어가도 자꾸자꾸 강 바깥뿐이다
강이 죽진 않았지만 강의 속이 없다
강의 가장 깊은 속까지 강의 바깥이다
이 메마른 강이 속없이 살고 있는 나와 같다
내 말도 내 속도 어쩌다 풀잎만 한 깃털도 하나 없이
내 마음의 강에도 물이 다 말라버렸다
속도 없이 강바닥을 다 덜어내 놓고
탁한 먼지 바람만 불고 있다

「메마른 강」 전문

물의 상상력은 바닥난 강바닥에 초점이 가 있다. 바닥을 인식한 화자의 내면은 적나라하다. 화자가 직시하고 있는 내면의 현실은 너무도 참담하다. 온갖 쓰레기들로 몸살을 앓고 있는 무의식의 세계는 바로 현실의 세계이기도 하다. 시의 묘미는 첫 행의 "물이"이다. "~이"는 주격으로 물이 쓰였지만, 사물로 치환하여 읽으면 문장은 다시 활력을 찾으며 강이 주격으로 상승하며 훨씬 활력을 불어 넣는다. 즉 강은 인칭이 되는 것이다. 2, 3행은 반어적 해체적으로 어긋난 문장이다. 무엇인가 중간을 생략한 듯한 간결한 문장이 인식의 해체를 불러오며 의미는 강해진다.

그 다음 문장을 이어 계속 껍질을 벗기듯 기존의 문장을 벗겨 나간다. 그러면서 사물들에게 생명을 넣는다. 없는 것들에 생명을 불어 넣음으로서 상상력은 배가 된다. "눈알이 쓰라린데 위장은 자꾸 작아지고"라는 비유의 구절은 강의 다른 얼굴들이다. 썩은 강이 눈알이고 쓰린 위장이 또한 강이다.

시인은 시인으로서의 책무가 강하다. 아무에게도 편안한 안부를 고르지 못하는 나로 정점을 찍는다. 그로인한 혼돈은 그칠 줄을 모른다. 정신을 차리고 보면 그 강은 시인의 내면적 자신임을 깨닫는다. 내 마음의 강이 풍요롭다면 이렇게 시를 쓰지 않아도 될 텐데 말이다. 메마른 강이 눈에 쓰리니 시인은 강에 도착이 될 수밖에 없다. 증상이 없다면 굳이 강에 집착을 하지 않아도 될 것을.

강이 내포하고 있는 것은 성장하고 맥없이 늙어가는 시인 자신을 말하기도 하겠고, 현대문명의 이기를 꼬집고 있는 것 같기도 하고 끝없는 인간 전체의 갈망을 근원적으로 반추하고 있는 것 같기도 하다. 세계의 온기와 습기에 대한 도저한 갈망으로 이 모두가 서정적인 물의 상상력에 바탕을 둔 인간의 근원에 대한 회귀적 시점에 가 닿아 있다. 특징을 보자면 일상적으로 쓰일 수 없는 도착적인 구문과 구문의 대격 구도는 해체적 구조를 이루면서 끊임없이 기원을 향하고 있는 것을 볼 수 있다.

물은 생명의 탄생을 주고 키워 주고 삶을 연동하게 하는 물체이다. 생명이 아니라고 말할 수 있으나 결코 생명에 있어서 절대성의 물체이다. 순환하는 세계의 원리에 부여하는 물의 자리는 이루 다 말할 수 없을 것이다. 따라서 태어나는 것과 동시에 파괴되면서 사라지는 것도 물의 원리에 따라 순환하게 된다. 거기에는 빛, 시간, 바람이 필연적으로 연동된다.

세상을 외눈으로 본다
쾅쾅 얼어붙은 안과 밖이 으르렁거릴 때
쿵하고 단숨에 온몸에 구멍이 뻥 뚫리는 순간
가슴속에 파닥거리던 솟대 하나
아무것도 이루지도 못한 방울방울 노란 눈물이 어룽진다
무거운 고개 뚝 떨군다
무슨 미련 그리 많아 그 무거운 화관을 목이 부러지도록
그 많은 긴 팔다리를 바들바들 떨어가며 이고지고 있나
꾸벅꾸벅 머리 숙이며 절룩대지 않는 사랑이
세상 어디 흔하랴

아이고! 우리 집 공주님 학교에서 오자마자 책가방을
거실바닥에 휙 집어던지고 먹이 놀이는 맹수 되어
방안에서 전동킥보드 자물쇠를 돌리는
우리 집 수선화

「나르키소스 수선화」 부문

물의 상상력의 근원은 바로 모순된 나에서 출발함을 보여주는 시이다. 이로서 세계는 어차피 모순으로 돌아가는 어긋난 세계임을 간접적으로 말해주고 있기도 하다. 1연은 나의 몸을 동굴에 갇힌 나로 비유한다. 내 안에 내가 갇힌 것이 나르키소스가 아니던가. 안과 밖이 구별도 안 되는 그 물체가 바로 내가 아닌가. 인식하고 있는 나는 가짜의 나일 뿐이다. 그것은 잠깐의 빛(하늘)으로 형상화하지만 그것은 진짜 나가 아니다. 실체가 없는 것이 나이기에. 빠져나가기 위해 따북따북 걸어 나가는 그것 자체일 뿐. 그것 자체가 삶일 뿐. 어쩌면 그것이 바로 타인에게 인식되어가는 나라고 볼 수 있지 않을까.

근원적으로 나르키소스는 타인에 대한 사랑이다. 물속에 비친 나는 나라고 인식하고 본다기보다 타자를 향한 열망이 나로 향해 있기에 말이다. 그런 의미에서 시인의 어법처럼 우리는 물 밖에 살고 있지만 물속에 살고 있다고 볼 수 있다. 나르키소스가 물속에서 취하는 행동을 물 밖의 자신의 행위를 정면으로 볼 수 없는 상태에서 물속의 나는 결국 타자이다.

현실도 그렇다. 우리는 나를 출발해서 외출복을 입고 나간다. 나를 정면으로 볼 수 없는 나를 타자가 나를 인식하고 어느 것이든 선택의 방향에 따라 상호 교류의 차원에서 다시 나에게 돌아온다. 그들은 곧 나인 것이다. 요약하면 타자에게서 나르시시스트를 증명할 수 있는 초점은 타인의 눈에서 비친 내가 나인 것이다.

레비나스가 주장한 타자에 대한 배려는 이러한 맥락에서 나는 곧 타자이고 타자는 곧 나라는 동일성에서 하나의 공동체성이다. 소위 공산당이니 사회주의니 민주주의니 해도 우리가 가진 두 개의 눈은 수면 밖의 나와 수면 안의 나를 각기 다른 눈으로 결별되어져 볼 수 없는 한계점을 가질 수밖에 없다.

레비나스에게 인간은 공동체를 벗어날 수 없는 비완벽성의 인간이다. 그럼에도 우리는 또 각자 도생해야 하면서 극과 극의 절벽을 타고 올라가야 하는 비극의 드라마를 만들어 가야 하는 근원적 모순이다. 극단적으로는 죽음을 불사하기도 한다. 어찌 보면 에코의 사랑이 가장 순수하게 자기 사랑이자 타자에 대한 사랑이라 역설적으로 말할 수 있다. 이 모순은 타자와 나를 구분할 수 있는 정체성이다. 우리는 나를 지향하고자 하는 안과 타자를 향하는 두 마음을 가지고 마치 두 마리의 동물이 으르렁거리는 형국이니 괴물이 아닐 수 없다.

세계는 모순으로 늘 비완벽성 속에 놓여 있는 것임을 부정할 수 없다. 3연의 시인의 표현처럼. 단 하나 쾌락이라는 순전히 착각한 자기 욕망 때문에 미련을 갖는다. 욕망은 미련과 비례하고 욕망할수록 더 커진다. 이러한 미련, 욕망에 얽힌 모순을 거듭하다 보면 껍데기만 남는다. 돌아보는 순간 얼어붙어 버리는 돌같이 눈물로 어룽지나

이미 늦다. 5연의 끝 구절 "흔하랴"로 되묻는 어법이 맛깔 난다. 이어서 6연의 나의 현실 속의 나르키소스를 발견하니 흔하다는 말인지 흔하지 않다는 말인지 애매성이 극대화 된다. 6연의 훅 들어오는 시적 형상화는 일면 너무 생뚱맞다고 볼 수 있으나, 너무 무거운 5연에 대한 반감하기 위한 시적 태도라고 봐도 무방하다. 나르키소스 수선화를 딸아이에 비유한 것은 나르키소스 소년에 대한 대격으로 쓰였음을 알 수 있다. 시는 명확하게 규정할 수 없는 것을 시적으로 재창조함으로서 생의 모순을 형상화하고 있다.

시의 관점은 해체적 관점이다. 나르키소스가 물을 매개로 죽음에 이르는 과정도 파괴의 일환이고 이 시의 시적 화자의 딸아이에게 폭 빠진 형상도 나를 내어 주고 다시 태어난 또 다른 나이다. 독자로 하여금 사랑의 원형을 보여줌으로서 사랑을 재고하게 한다.

우굴 우굴 물기뿐인 몸
우둘투둘한 손바닥으로 구름의 눈썹 뼈를 깎는 곡예는
울창한 숲에 새의 심장을 심는 일
아무리 밟고 올라서도 흔들리지 않는 단단한 몸
구름의 조상을 바위산에 묻었기 때문일까
구름이 울었다는 기록은 지구의 그 어느 사전에도 없다
천지에 먹구름을 두려워하는 먼지들
먼지 공장 사람들

…중략…

하늘은 알고 있다
구름이 작곡한 노래가 사납고 시끄럽지 않으면
지구에 무덤이 많아진다는 것을
구름의 부피를 재는 순례자는
극지에서 열대까지 구슬땀 흘리며
그린틴 노래 심으로 왔다는 것을

하늘에 이제 더 이상
별장 같은 구름은 없다

「구름의 설사 바람 노래-구름이 우는 날의 기록」 부문

이렇게 난해한 해체성이 짙은 구름 시가 두 편이다. (다른 한 편은 「구름의 변신」) 이들 시는 구체적 의미로 읽기보다는 감각으로 읽고 전체를 통과하여야 한다.

물기를 품었지만 물이 아닌 안개 같은 구름이다. 엄격하게 구름은 구름 속에 들어가면 안개와 마찬가지이고 혼돈이고 막막하다. 일반적으로 형체 없는 것에 큰 의미를 두지 않지만 문학에서 구름은 무한한 꿈이다. 허사의 꿈일 뿐이라지만 형성되지 못할 그것이라도 희망을 빼앗기고 싶지 않은 무한의 허사이다. 그러나 잡히지 않기 때문에 더 잡으려고 발버둥치다 보면, 언젠가 그 자체가 오히려 꿈이었다고 회상하기도 한다.

구체적인 형체로 머물러 있지 않는 구름은 미완의 허사이기도 하다. 역설적으로 완벽히 형체를 이루지 못하는 것들은 단단하고 언제나 영원성을 갖는다. 그런 의미에서 시 또한 영원성을 갖는다. 언제 끝날지 모르는

넘치는 자본의 먼지 공장에 살고 있기 때문이다. 이에 먼지가 나도록 시위를 한다. 어머니는 약봉지를 달고 사시고 혼돈과 어둠이 거리에 넘친다. 3연의 "가슴뼈도 물렁뼈도 없는 물방울들이/허공을 방황하다 미로 속에 갇혀버린다/언제 캄캄한 벽을 지나 지상에 가 닿을까"와 같이 아주 작은 물방울들을 품고 있는 구름은 단지 희망이고 어디에 가 닿을 수 없는 꿈이다. 꿈같은 영화를 기다리고 있는 청소년들의 눈망울은 반짝이는데 말이다.

이렇듯 멀수록 그리운 구름 우는 소리가 앞을 쫓지만 뒤로 가고 뒤를 쫓지만 앞으로 가며 하늘의 허기를 뚫은 구름의 풀 뜯어 먹는 소리가 자꾸 커지는 것이다. 모두가 헛소리들만 같다. 하여간 이 시에서 구름은 혼란이며, 파국이며 벗어나고픈 어떤 시대적 대상이다. 이 혼란스러움은 결국 홀로인 시간이다. 그것은 무언가 무거운 짐을 진 상태이며 무덤이다. 이러한 모든 혼돈의 것들을 하늘은 무덤처럼 굽어보고 다 알고 있을 것이다. 혼돈을 구할 수 있는 사람은 순례자라는 것도, 순례자는 시인일 것이다. 마지막 연은 시인이 인식한 현실을 이야기하고 있다. 그러나 별장 같은 것은 없다고 인식한 그 순간이 바로 가능성이 열리는 것임을 시인은 반어적으로 노래하고 있다.

촛불 앞에 앉는다
인적조차 태워야 할 흔적이다
지워야 할 생각들까지 불타는 불꽃은 눈부시다
낯익은 것 사라지면
최초에 의지조차 불꽃에 시달리다 사라진다

…중략…
나 사랑한 것
너 사랑한 것
차마 놓지 못하는 빈 배까지 태워라

담장 너머에까지 바람이 청량하다
먼지 낀 세월 사이로 별이 쏟아진다.
「불꽃」 부문

파괴되는 것, 사라지는 것은 축제이다. 불꽃은 사라짐의 대명사이고 화려하지만, 금방 무화되는 생명의 소멸이다. 반성으로 밤마다 촛불 앞에 앉은 나는 달의 퇴행이었음을 깨닫는다. 반성을 반성이라 하면 반성은 이미 반성이 아니다. 그것은 미련이므로 빈 배까지 태워라 하기에 이른다. 사라지는 것은 소실점을 마지막으로 남긴다. 이 소실점이 사라지는 순간 모든 것들은 가능성 앞에 다시 놓인다. 염원이다.

6집에 실린 「터널」, 「기차」는 「구름」, 「촛불」은 회귀의 시점이자 시작의 지점으로 볼 수 있을 것이다. 온기를 품은 서정성(물)의 파괴는 곧 무한도전이라는 길 위에 우리를 데리고 가는 역이었음을 보여 주는 시편들이다. 물의 상상력에 기반한 기원의 회귀와 언어 파괴를 무한도전으로 삼는 시인의 기호는 문득, 당혹스럽게 다가오는 게 사실이다. 주지하다시피 언어는 기호만을 가리키지 않는다. 기호는 단순한 차원이 아닌 우리의 삶이다. 언어가 추구하는 지시들이 상징성을 갖기 위해서 삶의 부단한 은유의 형국 위에서 획득한다. 도달하게 되는 최고 지점이 언어의 상징으로 올라가며 제유, 환유를 넘어 관념어로 넘어간다.

시인의 언어로 충격하는 기호는 싱싱하게 꼬인 삶의 동아줄이다. 독자들은 이 동아줄을 잡고 순환하는 언어의 물기에 가뿐히 몸을 실어 보는 것이다.*

엄환섭 제6 시집
먼지 낀 세월 사이로 별이 뜨고

초판 인쇄 2020년 6월 25일
초판 발행 2020년 6월 30일

지은이 엄환섭
펴낸이 홍철부
펴낸곳 문지사

등록 제25100-2002-000038호
주소 서울특별시 은평구 갈현로 312
전화 02)386-8451/2
팩스 02)386-8453

ISBN 978-89-8308-555-9 03810

값 10,000원